死にたがり春子さんが
生まれ変わる日

葦永 青

STARTS
スターツ出版株式会社

消えてもなお、あなたに巡り合えたらどんなにか。

失ってもなお、あなたに伝えられたらどんなにか。

「君は今から二カ月と十五日前に死んでしまったんだ」

私の平凡な日常を殺したのは
死神と名乗るむかつく男だった。

目次

死にたがり春子さんが生まれ変わる日

prologue

そう、例えばの話。

自分がもしここで、今後の予定にない突発的な行動を取ったら、世の中はどう動くのだろうか。

スクランブル交差点を行き交う車や電車の前に飛び出したり、高層ビルの屋上から大げさに飛んでみたり、水中でずっと息を止めてみたり、やれるかもしれないけど誰もやらないようなことをあえてやってみたらどうなるのだろう。

なんて、そんなことをたまの暇潰しに考えたりする。

今がまさにそのときだ。乗り換えの電車を待ち、なんとなく見ていた動画サイトを眺めることすら億劫となり、暇を持て余していた。

欠伸《あくび》を噛《か》み殺して、涙目でホームを眺める。晴れた空には白い鳥が優雅に飛んでいるのが見えた。そんな綺麗《きれい》な景色が、私にとっては憎たらしく映る。

背中に誰かの鞄《かばん》がぶつかった。振り返ると、他人のことに目もくれず、人の列へと割り込むようにエスカレーターに乗るサラリーマンが見えた。

そしてその後ろを、若者がスマホを見ながらふらふらと危なげに歩いている。足元ばかりを見つめて、顔などこれっぽっちも上げずに進んでいく。

　この世の中、誰しも自分本位に生きていると切々と思う。

「くっだらな……」

　呟くように口から零す。前を向いて、思うことはひとつだ。

　誰がどう生きているかなんてどうでもいい。私自身も含めて。

　生きるって、本当につまらない。

　肩にかけているよれたスクールバッグを持ち直し、ふと視線を左に向ける。黄色の誘導用ブロックの外側には、震えた手で杖をつくおじいちゃんが歩いていた。

　外側を歩くなんて危ないな。そんなことをぼんやりと思い、またひとつ欠伸をした。

　特別快速がもうすぐこの駅を通過するとアナウンスが告げる。

　今のアナウンスが聞こえていなかったのだろうか。おじいちゃんに視線を戻すと、疑いたくなるほどゆったりとした動作で未だホームのギリギリを歩いていた。

　瞬間、背中から押すような突風が吹き付け、髪の毛が乱れるように前に流れた。

　不自然なほど強い風に、おじいちゃんの身体がホームの方に倒れていく。

　ちょっと待って、嘘でしょ。

　咄嗟に身体を動かし、おじいちゃんに向かって手を伸ばす。誰がどう生きようと死のうと関係ない。くだらない世の中だとは思っているけど、他人が目の前で死ぬのは寝覚めが悪い。

けれどおじいちゃんの身体を支えようとしたとき、彼は思いのほか頑丈な足でその場に踏みとどまった。そのせいで私はバランスを崩し、足が思いっきりもつれてしまう。

慣れない人助けなんかするんじゃなかった。このままでは転んでしまう。

最悪だ。恥ずかしい。

どこかゆっくりと進む景色の中でそんなことを思っていた。そのとき、

「げっ」

なんだか不愉快な声が聞こえて、私は目だけを動かしその声の主を探した。

私の頭より少し斜め上、実際なら声が聞こえるなんてありえないところに〝それ〟はいた。

「やっちまった」

〝それ〟は、いや〝そいつ〟の姿は、自分が置かれている状況を理解するよりも早く私の目に飛び込んだ。

「へっ」

一見人間のようだけど、角のような突起物が頭にふたつ。しゅるりと揺れた黒く細い——尻尾？

幽霊とも言いがたい、一言で言えば、悪魔のような様相をした男の手が私の肩を押していた。

ホームになだれるように身体が投げ出される。レールのこすれる音がする。電車の警笛は止まない。

驚くほどなだらかな景色が目に映る中、私の頭にはちっぽけな走馬灯が流れた。へんに片付いた小綺麗な家やうるさいだけの教室、取り繕ったような食卓に体裁だけを気にした人間関係、それから——。

深みも何もない薄っぺらい人生だったはずなのに、思い浮かぶことは割とあるんだな。他人事のように思っていると、ホームに電車が滑り込んでくるのが見えた。

あ、死ぬ。

コスプレ死神

なんとなく、死ぬときには壮大な走馬灯が目紛《めまぐる》しく脳内を駆け巡るのだろうと想像していた。

けれど、実際はとても地味だ。全体的にあっさりしていて味気がない。

そういえば死ぬ間際に聞いたあの『げっ』という声は何だったのか。生魚を素足で踏み潰したような、忘れがたい声だった。

何もかもスローモーションで、靄《もや》かかったみたいな音しか聞こえなかった中で、あの声だけが輪郭を持ったようにはっきりと聞こえた。

その声を思い出しているうちに、だんだんあの男の外見がはっきりとよみがえってくる。そうだ、見た目もそうとう変だった。それに私の上を飛んでいた気がする……。

まるで悪魔のような、いや死神のような。とにかくおかしい外見だった。

遠ざかる意識の中でそんなことを思いながら、私は深い深い闇の中へ落ちて……。

「お……ろ……おいって」

「……ん？」

誰かに肩を揺すられていた。あれ、私もしかして死んでないのか？

「起きろ！」

頬を潰されるように叩かれた。うっすらと瞼《まぶた》を開けた先に、暗い空間の中で赤みがかった薄茶色の目がぎょろりと私を見ていた。ただ、それはなぜか逆さまに映っている。

「起きたな？　よし、まだ『うつし世』と繋がってるはずだからこのまま戻るぞ。まだ間に合う」

なんだかずいぶん焦っているようだ。何を言っているのかよくわからないけど、早口にまくしたてられて少しむっとする。

「あんた……誰？」

まだ定まらない意識の中で問うと、その男は「あ？」と形の整った眉を不機嫌そうに寄せていた。

「お前に名乗る名はない」

艶やかな黒髪に、赤色の角のような突起がふたつ。

赤にも見える薄茶色の目に長い睫毛《まつげ》と白い肌。唇を開くと見える、尖った八重歯。

顔立ちは整っているけど、妙な角やどこか禍々しい黒い服を着ているから、ただコスプレしている痛い人って感じだ。何者なんだこの男は。

「……わかった。じゃあとりあえず寝かせてくれない？　私、なんだかすっごく眠くて……」

「寝るな！　とにかく急ぐぞ！」

「わっ！」

身体が弧を描くように海老反った。そこで初めて気付いたけど、身体が逆さになっていたのはこの妙な男ではなくどうやら私だったみたいだ。

背中側から身体がものすごいスピードで降下していく。落ちているという感覚とはまた違うけど、まさに私は『下』に向かっていた。

まるでペットのリードでも引くかのように、男が私の服の首元を引っ張っていく。

「見えた、うつし世の門！」

そう言って男が更にスピードを上げる。男のしゅるりとしなやかな尻尾も、速さに合わせて揺れていた。

「頼む、閉まってくれるなよ」

同時に、ギィィィッという大仰な音がこの奇妙な空間に響きはじめる。

「待ってくれ！　うつし世へ行く！」

男が叫ぶ。いい加減服が引きちぎれるんじゃないかと思った。

ギィッ、とその派手な音が止まることはない。合わせて「チッ」と舌打ちが聞こえる。そして、ガシャンッと大きな門が閉まったような音がどこまでも反響した。

そこで男がようやく止まり、服を離される。

その間わずか一分足らずだろうか、けれど怒りが振り切れるには十分すぎる長さだった。

「ちょっといきなり何⁉　見てよこの制服の襟！　ヨレヨレになった！　もう学校で着れないじゃん！」

わけもわからないまま猛スピードで引っ張られて、思わず文句が出る。

「はあ⁉　お前が急がなかったからいけねえんだろ⁉　見ろよ！　もう門が閉じちまった、学校どころかお前はうつし世にすら戻れないんだよ！　馬鹿が！」

「さっきから、うつし世だの門だのうるさいんだよ！　何のことかちっとは説明したらどうなの⁉　このコスプレ自己中男‼」

「うつし世は現世のことに決まって……つうか、コスプレだと⁉」

どうやらこの妙な世界にいるこの妙な男は『コスプレ』という言葉を知っているらしい。顔を歪《ゆが》ませ、口元をひくひくと引き攣《つ》らせている。というか、本当にここはどこなんだ。

制服を整えながら、私はそいつを改めてまじまじと見上げた。年齢は私より少し上か同じくらいに見える。

大人というには子供っぽいけど、子供というには大人っぽい。黒い靴に黒いパンツに黒いシャツ。そしてやや光沢感のある尻尾に、赤い角。

ほぼ全身が黒ずくめであからさまに怪しい。……見るからにやばい奴だ。

「チッ、これだから子供は嫌いなんだ」

「え、あなた大人なの？　大人なのにそんなコスプレしてるの？」

ひくりと男の頬がまた引き攣《つ》った。一見クールそうなのに表情が忙しない。

「言わせておけば……てめえ、俺が何者か知っててそれ言ってんなら、覚悟はできてんだろうな？」

「え？　短気なコスプレイヤーでしょ？」

「……俺はなんでこんな奴を……もういい。お前みたいな女、どうせ遅かれ早かれ地獄に行くんだろうから今から俺が」

男がそこまで言いかけたとき、パチンと辺りが真っ白になった。電気がついたとかそういう感じとはまた違っていて、なんというか曇天の空が急に晴れ渡ったような、形容しがたい色の変化だった。

「薊《あざみ》」

そして次の瞬間、空間全体に声が響き渡った。見回しても誰もいないけれど、そのやわらかく優しげな声は私たちの耳に輪郭を持って届けられる。

きょろきょろとする私に対して、男はピンッと尻尾を伸ばし顔を青ざめていた。あざみとは、この男の名前だろうか。

「キミはどういう権限でその子の罪の重さを量ろうとしているんだい？」

「な、なばため……」

「ほら薊、答えてごらん」

　優しいけど、ずしりと圧を感じる声。

「どうして、まだ死ぬ予定でもない人間の女の子がここにいるのかな」

　さっきまでの勢いはどこにいってしまったのか。すっかり固まってしまった男が「それは……」と居心地悪そうに答えると同時に、ぶわっとあたたかな風が頭上から舞い降りた。

　そして、風の中から黒ずくめの男とは真反対の、白いローブのような装いに全身を包んだ男が現れ、こちらに向かって微笑んだ。目の色がこの男のように少しだけ赤みがかっているけど、色素が薄く銀色にも見える。角も尻尾もなく、絹糸のような白銀の髪の毛を右に結んで垂らし、まるで女のような出で立ちだ。けれど、目つきや声色はどこか男っぽい。

　それにしても綺麗な人だ。斜め前で固まったままの……薊と呼ばれたこの男も見た目は悪くないけど、この人は人間離れしている美しさを持っているように思えた。

「実に大変なことをしてくれたね、薊」

すっかり血の気の引いた顔をして、男はうなだれている。何もかも終わった、とばかりに額を押さえ絶望していた。

「雨賀谷春子《あまがやはるこ》さん」

「え？」

なぜ私の名前を知っているのか。聞きたかったけれど、彼の有無を言わさないような雰囲気に、私まで気圧《けお》されてしまった。

「私は青天目《なばため》といいます。申し訳ない。私の部下の手違いで、こんなところに連れてきてしまって」

「手違い？」

というか、そもそもここがどこだかもわかっていないんだけど。

「そう」

謎が尽きないけど、とりあえずこの人の言葉の続きを待とう。きっと、わかることのひとつやふたつあるはずだ。

「君は今から二カ月と十五日前に、死んでしまったんだ」

申し訳なさそうに彼が言う。

私はやはり死んでしまったらしい。この妙な世界は、死後の世界ということだ。

薄々感じてはいたが、まさか二カ月半も前に死んでいたなんて、そんな感覚なかったからその長さには驚いた。

けれど、死んだこと自体は正直言って、だからどうしたという気分だった。生きてようが、死んでようが、私にはどちらでもいいことだ。

「本当はあのホームを歩いていた青山為五郎《あおやまためごろう》さんが死亡する予定だったんだけど、どこかの誰かさんが間違えて君をホームへ突き飛ばしたみたいでね」

どうやらここにいる薊という男の手違いで、私、雨賀谷春子は人身事故で死んだということになっているらしい。最後に聞こえたあの『げっ』っていう声とともに、私をホームへ突き落としたのはやっぱりこの男だったのだ。

やれやれ、とその人は手のひらを振りながらじっとりとした目で男を見ていた。男の肩はさらにぎくりと上がる。

「そのうえ、自分の粗相を揉《も》み消そうと必死に君の魂を探し出したと思ったら、無理矢理うつし世へ戻そうとするんだから、本当自分勝手だよねえ。やだやだ」

呆れたように首を振り、どんどん追い打ちをかける。気まずそうにしている男の顔は私を相手にしているときと明らかに違っていて、非常にしおらしく見えた。さっきまでの偉《えら》そうな態度はどこへいったんだ。それよりもそろそろこの状況について、説明がほしいところなんだけど。

「あの、質問があります。ええと、青天目さん」

手を上げれば青天目さんは「ん？　なんだい」と私の顔を見つめ、首を傾げる。

「まず、ここはどこですか？」

「ここは魂の重さを量りにかけられる……言わば仕分け場だよ」

「仕分け場？」

「そう。上を見てごらん」

言われるがまま見上げれば、頭上を白い光がひゅんひゅんと行き交っていた。

その大きさはさまざまで、手のひらほどの大きさのものもあれば、ピンポン玉くらいの小さな玉もある。水晶の玉のような丸い光の玉だった。

こうして見ると、すごい量だ。全然気付かなかった。

私も男に連れられて下降していたとき、はたから見たらこんな感じだったのだろうか。

「右上に飛んでいってるのが、天国行きの魂だよ。輪廻転生《りんねてんせい》の手続きをするんだ」

「手続きって、なんだかお役所みたいですね」

「ここは組織で成り立っているからね」

そう言って青天目さんは「思っていたより現実的でしょう？　〝現実〟ではないけどね」

ははと軽快に笑う。何もおもしろいことはなかったように思うけど。

「それから、見えるかな。ここから高いところに光が漂っているだろう？」

見上げた先に、いくつかの光が所在なさげに漂っている。その様子は、心なしかどこか寂しそうに見えた。

「あ……、はい」

「あれは行き場がない魂。君はあの中にいたんだ」

「へえ……え？」

「天国も地獄も今カツカツでね、受け入れ口がないんだよ。死亡時期に多少のズレがある魂には本来の仕分け時期までここで待ってもらってる。この仕分け場は魂にとって、一時的な保護場所になっているんだ」

死後の世界にも満員とかあるのか。まだ裁く予定のない死者の相手をしている暇など本当はないのかもしれない。

「そして君は本来の死期よりも六十年以上早く来てしまった」

「六十年以上……私、そこそこ長生きする予定だったんですね」

青天目さんの口調は穏やかだけれど、冷静に考えてみると、とんでもないことをされてしまったんだなと他人事のように思う。

「そう。でもその〝死神〟が間違えて君の魂を狩っちゃったものだから」

これでもかというくらい嫌味ったらしい物言い。男の背中に見えない言葉の槍が突き刺さったように見えた。

「彼は力の具合をどうにも調整できない子でね、この間、やっと一人前になったと思ったらこれだ。どうやら判断を誤ってしまったみたいだね」

「待ってくれ青天目！　こいつを人間界に戻せばいいんだろ、そしたら……」

「そういう問題じゃない。ミスをした者にはそれ相応の罰則を与えなければならない。あと六十年も生きる予定だったのに、彼女がどれだけつらい思いをしていると思ってるんだ」

青天目さんにそのまま気圧され、ぐっと男は黙り込む。あまりいい空気とは言えない中、私は「あのー」とやや控えめに手を上げた。

「ちょっといいですか」

ふたりがこちらを見る。その動きがあまりに揃っていたので、少しだけおかしい気分になる。

「別に気にしてませんから」

「は？」

「え？」

また揃った。しかもふたりのきょとんとした顔が不思議と似ているから、思わず笑いそうになった。

「ちょうど、死んでもいいかなーって考えてたところだったんで」

　気が病むほど嫌なことがあったわけじゃないけど、生きるって素晴らしいなんて思うほど楽しいこともなかった。あの世界に居場所なんて感じなかったし、くだらない毎日にうんざりしていたところだったし、逆に死後の世界になんとなく興味はあったし、まあ総じてちょうどよかったかな、なんて。

「確かに自分のミスなのに謝りもしない人に殺されたのは納得いきませんけど、それ以外は別に……まあ、運命だったということで受け入れますんで、その人の罰則は取り止めてください」

　今のところ、死んだという事実にそれほどショックもないし。

「とりあえず私は上の方をさまよっとけばいいんですよね？」

　そう続けて問えば、目を点にしていた男が顔をしかめて私に近付こうとする。それを制すように青天目さんが手を上げた。

「君はずいぶんと淡泊なことを言うんだね。生きていて楽しいことはひとつもなかったのかい？」

「ああ、特には。生きる目的みたいなものもなかったし、『いつ死んでもいいや』って思っていたというか……生にあまり興味がなくて。やり残したことも別にないし」

　ぼんやりと自分の記憶を振り返りながら、淡々と答える。すると男が睨みつけるような表情でまた一歩こちらに踏み出そうとした。しかしそれを再び制すように「そう」と青天目さんが頷《うなず》いた。

「君は〝死にたがり〟なんだね、珍しい」

「死にたがり？」

どうでもいいとは思っていても、別に私は死にたがっているわけではなかった。

そう言おうとして、寸前で止めた。にこやかにしつつも、青天目さんが少しだけ悲しそうに、そして怒っているように見えたから。

「まあ、そういうのも人それぞれだよね。でも、君が死にたがりであろうと誤ってこちら側に連れてきてしまった以上、そう簡単に君の魂を受け入れるわけにはいかないんだ。もちろん、この薊の罰則も帳消しにはできない」

穏やかな口調で話を続け、青天目さんは指を鳴らした。

瞬間、私の手首に黒色の腕輪が現れる。そして、そちらの男にも同じような腕輪がはめられた。男は、ぎょっとしたように肩を揺らしていた。

「死神名、薊」

青天目さんがゆっくりと男の名を告げた。

「魂狩りの重大な規約違反につき」

その物々しい口調に、この場の雰囲気が一気に変わったように感じる。

「死神見習いへと降格する」

「はぁ？」

「同時に魂狩りを禁ずる。また『残留思念処理課《ざんりゅうしねんしょりか》』への異動。その際パートナーを雨賀谷春子とし、六十年分の思念処理をしたのち、その〝徳〟をすべて雨賀谷春子へ受け渡すこと」

「嘘だろ？」

ちょっと待て、と言う男の話を聞かず、青天目さんは呪文にしか聞こえない言葉を並べながら、私の方へ身体を向けた。

「雨賀谷春子さん」

「あ……はい」

「君はこの仕分け場でさまよってもかまわないと言っていたけど、六十年もここにいたら、君の魂がこの空間に耐えられなくて〝消滅〟の道を辿るかもしれない」

「消滅？」

「さっきも言ったけどこの仕分け場は魂の一時的な保護場所で、いわゆる溜まり場ではないからね。数年ならまだしも十数年の魂がさまよえるような空間として、そもそも作られていないんだ。つまり魂が消滅してしまったら、君は輪廻転生はおろか、何者にもなれずこの天界の一部になってしまうか、もしくは浮遊魂《ふゆうこん》となって我々に危害を加えかねない」

青天目さんはゆっくりとしゃべってくれているけど、頭がついていかない。えっと、なんだっけ——。

「ふゆうこんって……」

「記憶のある魂のことだよ。わかりやすく言うと、浮遊霊のようなものかな」

「どうして危害を加えるようになるんですか？」

「記憶があると言っても、長い間この世界にいると記憶がだんだん薄れてきて、自分が何者であるかわからなくなるんだ。そうなってしまうとはじめはなかった怒りや憎悪が湧いてきて、最終的に悪霊の類と同じようなものになってしまうんだよ」

「はあ……」

まだわかりきっていないまま頷いた私に、青天目さんはくすりと笑った。

「まあ、大抵は記憶がなくなる前に転生っていう形が多いんだけどね」

「記憶のない魂っていうのもいるんですか？」

「いるよ、もちろん。死に際によほどショッキングな出来事があったか、生きていた頃の記憶を思い返したくない者、とにかく訳アリってやつだね」

青天目さんはにっこり笑う。まだまだ質問したかったけれど、その訳アリについて、聞くに聞けない雰囲気だった。

「本来はうつし世へ戻ってもらうほうが私たちにとっても好ましいんだけど……君は乗り気ではないし〝死にたがり〟のようだし、一度狩ってしまった魂をうつし世へ戻すのはそう容易ではないからね。だから君が本来の仕分け時期までの時間を過ごす間、もしも心変わりして『うつし世へ戻りたい』と思ったときのために『残留思念処理課』で〝徳〟を集めてほしいんだ」

「とく？」

「君が雨賀谷春子として、もう一度生き返るために必要な念……いわばエネルギーみたいなものかな」

「え？　生き返ることもできるんですか？」

「もちろん。君は死んでしまったけど、それを帳消しにできるほどのエネルギーが徳にはあるからね。徳っていうのは、一度死んだ者がうつし世に転生するときに必要なエネルギー……、つまり生命を生み出せるほどの力を持っているから、可能性としてはありえるよ」

　なんだかものすごい規模の話をされている気がする。同時にやっぱり私は死んでいるんだとあらためて実感した。

「はあ……なんかすごいですね。あ、あとうつし世っていうのは……」

「現世のことだよ。ちなみに残留思念処理課っていうのは、死神の仕事の一種ね」

質問ばかりの私に、青天目さんは嫌な顔ひとつせず答えてくれる。そして先読みまでして残留思念処理課のことも教えてくれた。ありがたい、どこかの死神とは大違いだ。

「死神は魂を狩るというイメージが人間にはあると思うけど、その狩った魂が未練を残したまま浮遊魂になってしまうことがある。残留思念処理課——ザンシ課は主に、そんな行き場を失った浮遊魂を成仏させて、徳を蓄積するんだ。徳は、死神にとって輪廻転生後の寿命にも関わってくるものだから、こちらの世界で徳を得ることはそれはありがたいことなんだよ」

「それじゃあそのザンシ課の人だけが徳をもらえるんですか？」

「回収をできるのがザンシ課ってだけで、回収された徳は基本、給料みたいにほかの役職の者たちにも振り分けてくれるんだよ、私たちもタダ働きはしていられないからね。こちらでのお金の役割だと思ってくれればいいよ」

「へえ……」

全然理解できなかったけど、わかったふりをしておこう。こんな奇天烈《きてれつ》な話、たぶん今すぐに理解するのは無理だ。

「ただザンシ課の仕事はそう簡単じゃない、思いやりや優しさ、人の気持ちが汲み取れる者にしか勤まらない仕事なんだよ。徳というのは、浮遊魂の思いそのものだからね。だから、死にたがりの君と、たった今、死神見習いに降格した不出来な薊。ふたり合わせて、六十年分の徳を得てもらいたいんだ」

「え、でも私は別に……」

「君には申し訳ないけど、これは薊の罰則でもあるからね。六十年分の徳は君が〝いる〟にしろ〝いらない〟にしろ、うつし世に戻りたい、戻りたくないにかかわらず、溜めてもらわないといけないんだよ。薊が狩った魂は、雨賀谷春子という人間だからね。君の人生を元に戻せないと、薊の罰は解消されない。もっとも、人生を戻すためには本人の意思も必要になる。だから君には、薊とともに行動し、たくさんのことを学んでほしいんだ」

「………」

「まあ、結局最後に選ぶのは君だけど」

何も言わなかった私にほんの少し声色を変えて、青天目さんは目を伏せた。

でもそれは一瞬のことで、彼はすぐに顔を上げると手を合わせた。

「なんにせよ、ふたりについたその腕輪は決められた分の徳が集まらないと外れない。別名、罰則具。薊がひとりでは力を使えないようにもしてあるよ」

「嘘だろ」

ガチャガチャと、腕輪を外そうとしている男を横目に青天目さんは話を続ける。

「パートナーである君が近くにいることで、本来のものにほぼ近い力を出せるようにはしているけど……おそらく、本人からしたら二分の一の力も出せていないように感じるだろう」

この腕輪が何の意味をなすのかわからないままだけど、何だろう、じわじわと感じるこのサディズム精神。男を無視して、笑顔で淡々と話す様がどことなく恐ろしい。

「それから、これ」

青天目さんが指を鳴らしたら、今度は目の前に紐綴《ひもと》じされた古ぼけた冊子のようなものと筆がふわっと現れた。

「それは、お悔やみ帳簿。徳を回収するのに優れた道具だよ。私のお古だけど、とっても扱いやすいんだ。今回は特別に雨賀谷さんに預けたいと思う」

「これ、どうするんですか？」

「具体的には、その帳簿に浮遊魂の言葉を書き留め、届けるんだ」

「届けるって誰へ？」

「浮遊魂が一番に思いを届けたい人。それを書き留めて送り届けるのがザンシ課の仕事だからね。簡単に言えば、〝手紙の代筆屋さん〟」

「手紙の代筆……」

「うつし世にいる浮遊魂たちは、誰かに伝えきれなかったことがあるから成仏できずにいる。それを代わりに言霊として届けてあげることで、彼らの魂は浄化され、本来あるべき場所――つまり天国や地獄に還るんだ。言霊には大きな力があるからね。その力の質が高ければ高いほど、たくさんの徳になるんだよ」

私の頭ではなかなかその光景が想像できず、うまく返事ができなかった。

「そうそう。雨賀谷さんの生涯経歴を覗かせてもらったけど、君は字が綺麗みたいだね」

「生涯経歴？」

「亡くなった人たちに関する、詳細な資料だよ。家族構成とかその人の簡単な経歴……君で言うと、父親、母親、それから妹さん、全員の経歴も付属で見ることができたりね」

「…………」

そうですか、と呟こうとしたけれどできず、私は少しだけ俯《うつむ》いてしまった。

私の情報は筒抜けということか。死後の世界って、少しだけ苦手かもしれない。

「ざっとした説明はこんなところかな。あとはその都度、薊に聞くといい。そいつはそれはそれは大変なミスをすることもあるけれど、頭はいいからね。頼りになるよ」

嫌味にしか聞こえない。試しに男の方を見れば、なぜか舌打ちをされる。そして私を睨みつけながら「おいお前」と苛々した様子で声をかけてきた。

「さっきから聞いてばっかで文句も言わないけど、いいのかよ。それで」

「まあ……六十年もさまよってるのは退屈だし。暇潰しにはなるかなと」

「はあ？」

「あはは、雨賀谷さんはおもしろい子だね」

特におもしろいことを言った覚えはないのだけど、青天目さんは本当におかしそうに口元をおさえる。

「きっとこれはいい機会になるよ。死にたがりな君は人の心に触れて多くのことを知るだろう」

笑ったまま青天目さんが続けた。

「それじゃあ君たちが今日から互いを高め合いながら、質のいい徳をより多く得られるよう祈っているからね」

そう言った直後、青天目さんの姿が白い鳥になる。それはとても気高く、見る者すべてを魅了するような綺麗な鳥だった。そして、その鳥はそこら中を行き交う光の玉を避けながら上へ上へ昇っていくと、弾けるように火花を散らしてどこかへ消えてしまった。

そのあと空間はまた暗い世界に染まり、青天目さんの散らした光だけがまるで花火の残り火のように辺りを照らしていた。

「冗談じゃない……」

振り返れば同じように頭上に視線をやる男が不愉快そうな顔でそう呟いた。ぱちりと目が合ったけど、素っ気なく逸らされた。元はと言えば自分で蒔《ま》いた種だというのに、苛立ちをぶつけられても困る。

今にもどこかに飛び立ちそうな彼を見ながら「あの」と声を上げた。

「怒るのは勝手だけど、人の命を間違えて奪っといてその態度はどうなの？　私、あなたに殺されたことだけはまだ納得してないんだけど」

死ぬことに関してはどうでもいいとは言っても、ミスで私のことを殺したくせに、まったく悪気のないこの男の態度には正直納得いかない。

はくはくと男の口が動いている。顔は不服そうだけど、言い返す言葉がないのだろう。

当たり前だ。この男は私に重大な責任を感じなければならないはずである。

「そもそもお前が急に飛び出してきたのがいけないんだろ！」

「私は、あのおじいちゃんを助けようとしただけよ。なのになんでそんな非難されなきゃいけないの？　あなたがもっと慎重なら、こんな事態になってなかったと思うけど」

全身が黒ずくめだから、赤色の角と赤茶色の目がより目立つ。引き攣った口から生意気そうな八重歯がちらりと見えた。

「それに、あなたも手っ取り早く自由になりたいんじゃないの？」

腕輪のついた腕を上げれば、しゅるり、男の尻尾が動揺したように揺れている。

「なんて女だ……」

「ああ、私の名前は雨賀谷春子。あなたは薊でいいの？　変わった名前。噛みそう。言いづらい」

「そういう意味の〝なんて〟じゃねえよ！　とんでもねえの〝なんて〟だよ！」

「そのくらいわかってるけど、冗談に決まっててんでしょ」

「……チッ。お前みたいな奴、大嫌いだ」

「そう？　冗談は嫌い？」

「冗談も。お前自身も」

嫌悪に満ちたその目には、軽蔑の眼差しも入り混じっていた。本当に嫌いなんだろう。どうでもいいけど、『自分が殺した相手』だってことを少しくらい念頭に置いてほしい。

「まあ、私もあなたのこと好きじゃないけど。コスプレ男はちょっとね」

「コスプレじゃない！」

「でもだったらなおさら。詫《わ》びでもなんでもいいから、私の暇潰しに付き合ってよ」

男を見上げながら、二、三歩近付く。

条件反射か後ろに下がり、ふわりと身体を上げる男——薊。なかなか長身だ。

「大嫌いな私から離れる方法は、それしかないんだから」

悔しそうに唇を噛み、何か言いたげにそいつは眉根を寄せる。お断りだ、と言わないところを見ると自分の状況を少なからずわかっているのだろう。

青天目さん、容赦なかったからなこの人に。

ふいに舌打ちが聞こえた。くそが、という声も。

「私を殺した責任、ちゃんと取ってよね」

別に死んでもかまわなかったけれど、ひとまず念を押しておこう。ここで『生き返る気もさらさらないし、殺してくれてむしろ感謝してます』なんて言ってしまえば、こいつの責任逃れがいっそう強くなるだけだ。

思わぬ形で迷い込んでしまった、〝死後生活〟。

別になんの期待もしていないけど、とりあえずは言われたことをやってみるか。

きっと先は長いはずだ。

六十年分の仕事

「いやあ、助かったよ。近頃は人口増加の影響でうつし世での浮遊魂の増量もすさまじくって、すぐさま働いてくれる子を探してたんだ。青天目に事情も聞いてるから、何かわからないことがあればすぐに言ってね」

残留思念処理課の受付には、丸眼鏡をかけて忙しそうにしている男性がいた。年下に見えるけど、私よりも長い年月を過ごしているはずだ。

その髪の隙間から覗く角を除けば普通の人間っぽい。この人は、薊と違って角一本しかないみたいだった。

「あの……よろしくお願いします」

「うん。よろしく」

穏やかそうな雰囲気だ。優しげな死神もいるんだな。

私たちは青天目さんと別れたあと、残留思念処理課の人たちが使用している事務局を訪ねていた。

ここには、壁や床もあるし屋根もある。空間全体が明るくて、部屋の感じが現実の世界となんら変わらない。

まあ、色がどこを見ても白色というのが少しだけ変な感じだったけど、それ以外はあまりに大差ないので、正直今の状況が夢なのではないかと錯覚する。

「それにしてもえらいことをしでかしたね、薊くん」

「……もう聞き飽きた」

「一筋縄ではいかないのがこの仕事だからね。六十年分なんて、無茶を言うなってところだけど、ふたりでってことならなんとかなるのかもしれないし、ならないかもしれないし」

「どっちだよ」

薊が呆れつつ言えば「大事なのは気合いだね」とその死神は微笑みながら、後ろで飛び交っていた紙を指ですいっとこちらに動かした。そしてその紙を膨大な束へとまとめ上げ、ひとつの冊子にして薊の前にふわりと浮かす。

厚みだけで言うと、百科事典か、六法全書ほど。いや、それよりも更に厚いだろうか？

「これは、現世をさまよってる浮遊魂の生涯経歴と位置情報をまとめたものだよ。だいたい六十年分の徳を得るために必要な情報が綴《つづ》ってあるからね」

なるほど、これが青天目さんの言ってた生涯経歴か。やっぱり、死んだら個人情報は筒抜けになるんだな……悪事を働いたら、仕分けられるときにきっと地獄に落とされるのだろう。これを人間が知っていたら、もう少し世の中は平和になりそう。

「六十年分がこんなに簡単に出てくるって……どんだけ野放しにしてんだよ」

「人手不足だって言ったろ？　魂狩りは派手だからやりたがる子が多いけど、文字綴りは地味なうえにリスクも高いからやりたいって子が少ないんだよ」

徐々に顔を険しくさせた蓟に、その死神は嘆くように首を振った。

「この帳簿に文字を書くだけですよね？　手紙の代筆屋って聞いたんですけど、危険なこともあるんですか？」

「まあ、そうだね。案件にもよるけど、何よりも一番は体力を消費される仕事ってことかな」

「文字を書くだけなのに？」

「やってみたらわかると思うけど、地味っぽく見えて体力仕事のギャップにやられて辞めていく子もよくいるから」

「辞めていく？　辞められるものなんですか？」

「まあ役職は変えられるからね。僕みたいな事務員になる子もいるし、死神にもいろいろいるんだよ。雨賀谷さんもギャップにやられないように気を付けてね」

そもそもここに来たばかりで、見るものすべてが想像を絶してるから、ギャップも何もないのだけれど。

そんなことを考えていたら、パラパラと紙のめくれる音が聞こえて振り返る。

「よし、覚えた」

そこには、魂の生涯経歴が綴られたという、あの分厚い冊子を一気にめくり上げた薊の姿があった。

「……は？」

「さすが薊くん、記憶力だけはいいね」

「だけは余計だ」

覚えたって――魂の生涯経歴から位置情報まであの量を全部？　にわかには信じがたい。

「六十年分の魂、さっさと滅して見習いから昇格する。行くぞ」

「え!?」

「滅するって言わないの、還すって言いなさい」

私を置いてすぐさま行ってしまう薊。協調性というものはないのか。よっぽど私と離れたいらしい。あいつとはまったく相容れる気がしない。

「別に急がなくてもいいのに……」

思わず呟くと、受付の死神が不思議そうな顔をした。

「そうなの？」

「だって暇つぶ……じゃなくて、私は自分のペースでゆっくりまったりしたいので」

危ない、危ない。一応仕事なのだから、暇潰しとは言わないようにしておこう。

「珍しいね、まったりかあ……」

その死神は「まったりねえ」と、私が言ったことを物珍しそうに反芻《はんすう》し、そしてすぐににっこり笑った。

「まあ、できたらいいけどね」

「え？」

「それじゃあ、頑張って」

そして何を付け足すわけでもなくへらりと笑ったまま、その死神は事務局の奥へと戻っていった。

なんだかここに来てから、おもしろいとか珍しいとか言われてるな。私自身はそんなに変わった人間だとは思わないんだけど。

『できたら』って。あの含みのある言い方も気になる。体力仕事とは言ってたけど、手紙を書くだけならそんなに難しいことでもないような。

一抹の不安を抱えたまま事務局の入口を抜け、辺りを見回す。事務局の外は変わらず白く明るい。もうすぐ朝がくるような、そんなやわらかな光が空間を包んでいた。

そして少し見上げた先では、薊が退屈そうに宙に浮いている。

「おっそいぞ、ノロマ」

「そっちが早いんでしょ！」

「はあ？　当たり前だろ」

薊の真っ黒な姿は白い背景によく映える。しゅる、と揺れる尻尾も私を馬鹿にするようになめらかに動いていた。

「あれ？　でもなんか、高度低くない？」

出会ったときはもう少し高い位置で浮遊していたのに、今はほぼ目線が変わらない。そういえば事務局に入る前から低かった気がする。

「……この腕輪のせいで、ひとりじゃ力が制限されるんだ」

「へえ」

確かに青天目さんもそんなことを言っていた。……というか、質問に答えてくれたことに驚いた。言葉には棘《とげ》を感じるし、目を合わせようとはしてくれないけど、無視されることも覚悟の上だったのに。

「ねえ、これからどこに行くの？」

少し気分がよくなって続けて聞くと、薊は人を思いきり見下すような目で私を見た。

あ、やっぱり腹立つ。

「浮遊魂を探しに、うつし世に行くんだよ。さっき閉まった門とは別のルートで行くから、完全に降り立つことはできないけどな」

「完全に降り立つ？」

「輪廻転生をせずに、魂のみで向こう側に行くってことだよ」

聞いてもよくわからない。まるで私がなんでも知っていることを前提に話を進めているみたいだから、置いてけぼりを食らった気分だ。

「はあ……」と眉根を寄せれば「お前、阿呆だな」と鼻で笑われた。

「普通は理解できないから」

魂だけっていう実感も正直まだないというのに。

「行けばわかる、ほら飛べ」

「は？」

「早く行くぞ」

頭の上にはてなマークが浮かぶ。飛ぶって……いや、確かにさっき仕分け場にいたとき、身体が浮いていたけど、飛ぶ？

今だって、別に地上に足をつけているわけじゃない。だからこそ、この地面と呼べない空間を蹴って、薊のように自在に浮ける気がしないのだ。だいたい、飛ぶって、どの範囲からだ……？

「……はあ」

私がただ固まっていると、薊の溜息が〝飛ぶ〟。なんて忌々しい大げさな溜息だろう。だって羽根があるわけでもない。角も尻尾も何もない私が飛ぶって、いったい何をどうやって……。

「もういい」

「え、何が……わっ⁉」

すいっと目の前まで来た薊が私の腕を掴んだと思えばお腹に手を回してきた。そしてそのままふわりと浮く。

「ちょっと、セクハラだ！　どこ掴んでんの⁉」

「うるせえ！　さっさとしないのが悪いんだよこのデブ」

「で、デブじゃない！」

薊の小脇に抱えられながら、すいすいと上空に昇っていく。上空と言っても、青白とほんのり薄紫が入り混じった、どこまでも終わりがなさそうな空間だ。妙な色だけど、きっとここではこれが空なんだろう。

暴れる私を何食わぬ顔で抱えたまま、薊は濃度の高い紫の渦に向かっていた。

「もしかしてあの渦の中に行くの？」

「あそこを過ぎたらうつし世だ。せいぜい〝気〟に引っ張られないようにしろよ」

「は？　気って何――うわ⁉」

雲の中に入って、水の煙が顔に纏《まつ》わるようにひっつく。

瞬間、颯々《さっさつ》と吹く風の音が耳元を駆けた。閉じていた瞼をおそるおそる開くと、眩しい光と透きとおるような青が目の前に広がっていた。

「ここ……」

「うつし世だ」

視界を阻む人工物が何もないので、溶け込むような青い空や白い雲、目にしたら焼き付いて離れなそうな太陽や澄んだ空気が広がっている。それが私の全身を四方八方から包み込んでいるようだった。

ここがうつし世――生きていたときに暮らしていた世界だと思ったら、なんだか不思議な気持ちだった。

――こんな世界だったたっけ。

例えるなら、色がはっきり鮮やかに見えるような。輪郭のないぼんやりとした日々を思い出しながら、私はぼうっとその空を眺めていた。

「帳簿と筆を用意しとけ」

「え？」

「一件目、すぐ着く」

「ちょっと……もう少しスピード緩め……ぎゃあああ！」

この男、気遣いというものができないらしい。絶対人に嫌われるタイプだ。そもそも死神だからすでに嫌われてるものかもしれないけど。

突然の急降下にバタバタと制服のスカートの裾が揺れている。伸ばしていた胸元ぐらいまでの髪の毛が、後ろというよりはもはや上に向かって流れているような状態だった。

だんだんと見慣れた人工物が眼下に広がる。たくさんの人が電車から乗り降りしている駅のホームや、樹木のようにどっしりと構えている電柱、そこに絡まったあやとりのような電線。ああこれが私がいた世界だと、一気に現実に引き戻されたような気分になった。

すぐに着くと言っていたのに、薊はその駅を通過した。私の身体はそのまま郊外へと連れていかれる。

そうして煤けた民家が立ち並ぶ場所へ辿り着いたとき、私の髪は見事オールバックが完成されていた。走っても飛んでもいないけど、私はぜえぜえと乱れた息を吐き出しながら、薊の腕を掴む。

「なんだその頭」

薊が引いたような顔をしているから、お前のせいだとその胸倉を掴んでやりたかった。

「誰のせいだと……」

文句を言おうとしたとき、

――ああ、大丈夫かしら。

「こうなったと」

――そうじゃないわよ、まったく。

「思って……」

どこからか、途切れ途切れに愚痴っぽい声が聞こえてきて思わず辺りを見渡した。古びた屋根瓦の重なる民家の上、見えるのは風に乗って飛ぶ鳥と、同じところをぐるぐると旋回している光だった。

「光?」

「あれが浮遊魂だ」

「……え?」

薊がぱっと私の身体を離した。がくんと身体が落ちかけて「ひっ」と思わず悲鳴を上げたけれど、私の身体はちゃんと空中に浮いていた。

薊がさっさとその光の元へ行こうとするので、私はおそるおそる足を前に踏み出した。ゆるゆるのトランポリンの上を加減しながらバランスよく歩いていくようなイメージ、とにかく難しい。

なんとか薊の隣に並び、文句のひとつでも言ってやろうとしたけれど、光の中から見えた人影に、はっと口をつぐんでしまった。

「はあ、どうして料理のひとつも満足にできないのかしら」

「愛想もないし、頑固だし。それじゃあ人も寄り付かないわ」

「これじゃあいつまでも離れられやしない」

光の中、悩ましげに呟くひとりのおばあさんが見えた。そしてその呟きは、ある民家に向けられている。

「そうか……浮遊魂って浮幽霊みたいなものって言ってたっけ。人間そのものみたい」

「当たり前だろ、なんだと思ってたんだよ」

相変わらず棘がある。

腹が立ったので前髪を整えながら「不親切男が」と聞こえないように小声で悪態をついておいた。

「ああ、違うのに。そっちの引き出しに缶切りはないよ」

「あの、郡山光代《こおりやまみつよ》さんでしょうか？」

「だからそっちには……」

薊が話しかけると、おばあさんの独り言がようやく止まる。振り返ったその人は、六十代後半くらいだろうか。白髪の入り混じったパーマがかかった髪に、少し曲がった背中。紅紫色のセーターがよく似合う、優しそうなおばあさんに見えた。

「あなたたちは？」

「はじめまして。僕たちは、残留思念処理課の死神です」

誰だこの男はと疑いたくなるくらい、薊はとても品のある死神を演出していた。僕って……これまで一度も言っていない一人称なんだけど。

「郡山光代さんでしたら、その愚痴、お聞かせ願えますか？」

「愚痴ぃ？」

思わず大きな声を出してしまった。急に何を言い出すんだこの男は。愚痴を聞くのはザンシ課の仕事ではないはず。

「あんた何言って……」

「あら本当!?」

薊に問い詰めようとしたら、おばあさんの目が一気に輝く。

「え？」

「もちろん、郡山さんの気が済むまで」

驚く私の声をかき消すように薊は細やかな笑顔を浮かべ、私の腕をぐいっと引っ張り前へ押し出した。

「この人が、聞いてくれますよ」

「は⁉」

「ああ嬉しいわ。ちょうど鬱憤が溜まってたのよ。お嬢さん、ちょっと聞いてくれるかしら？」

「え、あ、はあ」

　気圧されるがまま頷き、睨むように薊の方を振り返る。

　薊はちっとも悪びれる素振りがない。顎先で前を向くよう促してきて、涼しい顔をしている。本当に何様なんだこいつ！

「もう夏がきたっていうのに、うちの人ったら炬燵《こたつ》や土鍋も出しっぱなしなのよ。使わないヒーターの上にはやかんも置いたままだし、洗濯をようやく覚えたと思ったら洗濯用洗剤と台所用洗剤を間違えるし……本当に抜けた人で」

「え、うちの人って？」

「ほら、あそこの家」

　おばあさんは下に向かうと私に向かって手招きをした。

　ぐらつく身体のバランスを取りながらなんとか生い茂った草むらの近くまで行くと、おばあさんが家の中を指差している。塀の上からそこを覗くと、おばあさんよりもやや年上のおじいさんが、ちょうどテーブルにお皿を並べているところだった。

「シゲルさんっていうんだけど、てんで料理もできないのよ」

こっちこっち、と部屋の中へ入るよう促される。このまま入っていいものか気になって薊の方へ目を向ければ、「俺たちの姿は人には見えない。だから行け」と言われた。姿が見えないとはいえ、勝手に人の家に上がるのは少し気まずい。「お邪魔します……」とだけ小声で呟きながら皿の中を見ると、その上には少し焦げた焼き魚が載せられていた。

「魚を焼くことすら満足にできないのよ」

呆れたように言い、おばあさんは溜息を吐いた。私は反応に困り、ただただ「そうなんですね……」と頷いていた。

煤けた木造の家の作りはお世辞にも綺麗とは言えなくて、時代を感じた。

おじいさんは隣で愚痴を言っているおばあさんになんてちっとも気付かない。

私の耳には、おばあさんの声も、おじいさんの鳴らす生活音も、こんなにもはっきりと聞こえるのに、おじいさんにおばあさんの声は聞こえていないのだ。

「――花火」

ふいに薊の声がして振り返る。よく見ると、部屋の至るところに花火の写真や新聞の記事がある。そのひとつを目に留めながら、薊は言葉を続けた。

「おじいさん、花火職人だったんですか?」

その口調や態度は慎ましく、礼儀正しい。私のときとはえらく違うな。

「ええ。私は教師をやっていたから花火には詳しくないんだけど、この人の作る花火はとても綺麗でね……。写真に撮ったり、取材されたときの記事をとっておいたのよ。でもそのたびにこの人は、そんなものゴミになるだけだと言って否定ばっかり。もう、うるさいのなんのって」

おばあさんは再び愚痴に戻る。薊はただ「そうですか」と頷いていた。この隙に聞き役は薊に任せよう。

そろりとその場を離れようとしたところで、カチャカチャ、という音が聞こえた。振り返ると、食事を終えたおじいさんがお皿を片付けているところだった。何も言わず、何も気付かず。

おばあさんはあれだけ愚痴を言っていたけど、部屋は綺麗に整理されているし、確かに料理は不器用だとしても目立って文句を言うほどでもないと思った。

ただ、これだけ綺麗に整理された部屋なのに、何年分も積み重なったカレンダーやごちゃごちゃしたマグネットや新聞記事が散乱しているところもある。片付け途中のものをずっとそのままにしているような、そんな違和感がこの家にはあった。

シンクの前に立ち、お皿を洗うおじいさんが「はあ」と疲れたような溜息を吐き出した。それにおばあさんがすぐに反応し「あなたまた溜息！　だめよ、幸せが逃げていくからね」と説教する。

——だめだよ、お姉ちゃん。溜息吐いたら幸せが飛んでいっちゃうんだよ！　幸せってすごく軽いんだって。学校の先生が言ってたよ！

そういえば六つ年下の妹に、そんな風に怒られたことがあったな。ああ、そうか。おばあさんのような先生が学校で教えてくれたんだ、きっと。

「郡山さん」

薊が声をかける。今までよりも少し力の入った声色だった。

「端的にお伝えします。今の浮遊状態を続けてしまうと、そのうち、魂がうつし世と乖離《かいり》して、悪霊としてこの世界に居着いてしまうかもしれません」

「それは、どういうこと？」

「今の郡山さんは、未練があるからこの世にとどまり続けている浮遊魂というものです。しかしこのままずっと浮遊状態を続けていると、その未練だけが残り悪霊となってしまう可能性があります。そうすると旦那さんに悪影響を及ぼしかねません」

薊が淡々と伝える。私は漠然とむなしい気持ちになって俯いた。

どれだけ好きでも、相手のことを思っていても、それが悪影響になると言われてしまったら、どれほどショックなんだろう。

「もしも、旦那さんに伝えたいことがあるのなら、それを届けることが僕たちにはできます」

おばあさんはいったい、どんな顔をしているのだろう。

「どうしても旦那さんに言っておきたいこと、ありますか？」

「おじいさんにねぇ……」

呟いた声があまりにしっかりしていて、私は顔を上げた。そこには先ほどと変わらない表情のおばあさんがいた。その瞬間、やっぱり私の人生はまだまだ未熟だったんだなと思い知らされた。

私だったら、きっと慌てるのではないだろうか。焦ったり、怒ったり、大切な人をもしも自分が傷付けることになってしまったら……いや、強く思うほど大切な人なんていもしないのに何を言っているんだか。

おばあさんだって、わかっているに決まっているじゃないか。私よりも長く生きた人が、浅い考えを持つわけがない。

「言っておきたいというよりは聞きたいことがあるのよ。ひとつだけ」

おばあさんは首を傾げて、手のひらを合わせた。

「あれはひと夏の、ほんの一瞬の出来事だったけど。私たちね、昔から夏になると近くの神社である祭りに、あの人の作った花火を必ず見に行っていたの」

おばあさんが目を細めて小さく笑う。

「それまでは人ごみがずっと苦手だったのに、あの人と出会ってからはあの人の作った花火を見に行くようになって、お祭りが好きになった。あの人が引退してからも、ひとりでよくお祭りに出かけてはあの人のお弟子さんが作る花火を見上げに行っていたわ」

お祭りには私もずっと行っていない。花火がどれほど鮮やかだったのか、すぐには思い出せなかった。

「あの人ったら、自分が花火を作らなくなった途端、いくら誘ってもお祭りには行かなくなっちゃって……きっと、花火を見たらまた作りたくなってもどかしい気持ちになるから行きたくなかったのね」

さっきまでと同じ愚痴口調だけど、不思議と心地よく響く。おばあさんの伏せた目元がとても優しげだった。

「あの日、私はやっぱりあの人をお祭りに誘ったの。もちろん、いつものように断られて、私はひとりで神社に出かけた。近所の人たちは顔見知りだし、ひとりでも平気だったけど、夜風がとても気持ちよかったから、せっかくだったら隣にいればいいのに、と思ったわ」

冗談めかして、そしてどこか懐かしそうにおばあさんは続ける。

「それでその日もまた前の年やその前の年のように、ひとりで花火を見て、ひとりで帰って、花火の感想をおじいさんに言ったあと小言を言われるんだろうと思っていたわ。けれどね」

ふふっと笑い出すおばあさんは、とても楽しそうだった。まるで最近あったおもしろい出来事を話すかのように。

「花火も終盤に差しかかった頃、ふと、参道にある出店が気になったからふらっと移動したの。そうしたら、木の幹の後ろに隠れていたおじいさんとばったり会っちゃって。私はもちろん驚いたけど、それ以上に目がまんまるのおじいさんの顔がそれはもうおもしろくて、……きっと私のあとをこっそり付いてきてたのよ。あの人」

私は何も言わず、何も言えず、ただただその話を聞いていた。

「声をかけたら、なんとなく音が懐かしくってね、としか言わないの。だから思わず笑っちゃって、もう少し見ていきますか？って訊ねたら、せっかくだから、なんて言ってきまり悪そうにして。そこからふたりで花火を見上げて、なんだか若い頃みたいで懐かしくて胸が躍ったわ」

おばあさんが食器をカチャカチャと洗っているおじいさんの背中に視線をやる。自分の家なのにどこか居心地悪そうな彼の後ろ姿に、彼女は皺が目立つ口元をゆっくりとゆるませた。

「出会った頃を思い出して楽しかった。私から手を繋げば、あの人、恥ずかしいと言いながらも手を振り払おうとはしなかった。いい年したおじいさんとおばあさんがふたりで笑っちゃうわよね」

「いえ……」

そこでようやく声を出し、首を振った。

どこか、寂しい気持ちと優しい気持ちが入り混じっている。この家にあった違和感がなんとなくわかった気がした。さびれて置いてけぼりを食らって見えたこの家には、きちんと愛情が留まっていたんだ。外からただ見ただけじゃわからない。至るところに、ふたりの人生が詰まっていた。

「その日はふたりで家路についた。とても、とても素敵な夜だった。不思議とおじいさんが優しくて、不思議と私も安らかな気持ちで。そういう〝不思議〟って重なるもので、私は次の日の朝、ぽっくり死んじゃったの。この家の、ちょうどここね。ここに布団を敷いていつも眠っていたんだけど、そのまま」

おばあさんが指を差した先を見つめる。

「あまりにも急だったから、あの人は唖然《あぜん》としてた。私も気が付いたら病院のベッドの、私自身の上にいて……誰に話しかけても、もう誰にも声は届かなくなっていた。あの人がベッドの横で静かに座って、私のことを眺めていた。声をかけても、大丈夫よって肩に手を乗せても、もう気付いてくれなかったの」

誰にも見えない、ましてや愛していた人に気付いてもらえない寂しさはどれほどのものだろう。

「あの日を向けてくれることも、不器用な言葉をかけてくれることも、もうないの」

おじいさんだけの生活音が、この人の耳にはどんな音として届いているのだろう。

「それからあの人を眺めてる。最近ずっとどこか元気がないのよ。家事が下手で、人付き合いも下手で、それなのに元気もなかったら、誰もあの人に近寄ってなんかくれない。これから先、ずっとひとりぼっちだったらどうしましょう。私たちには子供もいないし、誰も支えてくれるような人がいないのに」

考えても考えても、当人にしかわからない。形容しがたい感情だけが、私の中でぐるぐると回っていた。

「この人が寂しい思いをして生きているなら、私は安心してお天道様の元へ行けないのよ」

ガシャンとお皿が割れる音がする。おばあさんは「しっかりしてほしいわ、まったく」とまた愚痴を言うような声色に変わり、おじいさんの元へ駆け寄っていた。

彼女の後ろ姿は薄ぼんやりしているけど、姿は生きているおじいさんと変わらぬ人の形をしている。けれど、決して違うものなのだ。

「あなたが、どうしてもおじいさんに聞きたいことはなんですか」

薊がおばあさんに訊ねた瞬間、ポケットに忍ばせていた帳簿が浮き上がり、静かにページが開かれる。

「……どうしても聞きたいこと、それはね」

おばあさんは笑いながら、こちらを振り返る。

そしてわずかに希望を入り混ぜたような声を出して、

「それはね」

もう一度そう呟いた彼女の声が、私の耳にさらりと積もった。

花ひらく君へ

私たちは手紙の内容を練るために、あれからおばあさんと一度別れた。

「この世に未練のある魂が浮遊魂だ。伝えたくても伝えられない者のために、代筆屋であるザンシ課が代わって言葉をこの世に残していき、未練を断ち切ってやる。そうすることで浮遊魂は完全に死を受け入れ、成仏することができる」

「詳しいんだね。魂狩りをしてるって言ってたからてっきり死神がするような仕事のことしか知らないのだと」

「昔、青天目がザンシ課にいたから少し内容を知っているだけだ」

「そうなの？」

首を傾げれば薊は「いいから早く書け」と会話を終わらせた。どうやら無駄話は好きではないらしい。

薊から顔を逸らし、帳簿と向き合う。さっきは独りでに動き出した帳簿だけど、今は大人しく私の手に収まってくれている。

何を書けばいいのかわからず、ずっと帳簿とにらめっこをしていた。

「ううん」としつこく唸《うな》る私に、薊が「まったく、お前の脳は飾りか」と馬鹿にしてくる。腹が立って薊の方に身体を向けたら、さっきからずっと腰かけている木の枝が少しだけぎしりと揺れた。

「帳簿に文字を綴るときは集中が大事なんだよ」

「集中って言われても……」

私は自分で手紙を出したこともない。本人に代わって手紙を書くというのは案外難しい。

それに、これはただの手紙じゃない。その人にとってこの世に残す最期の言葉となるのだ。

「この代筆って、失敗することもあるの？」

「ある。失敗したら、あのばあさんに言ったとおり、悪霊となってじいさんに悪影響を及ぼしてから、うつし世でいう地縛霊になるか、もしくは消滅だな。一度未練や後悔を言霊にしてしまえば、もう二度と同じようには伝えられない。誤ちに対して弁解や言い訳がまかり通らないように、伝えることを失敗してしまえば、もう二度とありのままの気持ちを届けるなんてできない。何事も、チャンスは一度きりなんだよ」

「あんなに人のよさそうなおばあさんが悪い霊になるだなんて、信じられないけど……」

「ありえるんだよ。人間の気持ちは簡単に転がるものだからな。嬉しいと思ったら悲しくなって、悲しいと思ったら急に憎らしくなるだろ」

皮肉みたいな薊の言い分に、何も言い返せなかった。私も似たようなことは感じていたから。人の気持ちや感情はすぐに変わる。

私もとても信頼していた人に、大切だった人に、裏切られたような気持ちになったことがあるから。

「ずいぶん人間の気持ちに詳しいんだね、死神って全員そうなの？」

その問いに、ぴくりと薊の肩が揺れる。

「職業柄とか？　気になってたんだけど、死神ももともと人間だったとか？」

何気なしに続けて聞けば、薊の顔が少しだけ強張った。あまりに細かい動きだったので、瞬きでもしていたら見逃してしまいそうだった。

「……死神は、元人間しかいねぇよ」

「え？　そうなの？」

「どうでもいいだろ。いいから早く書け、日が暮れちまうだろうが！」

「そんな風に言わなくてもいいじゃない。なんでそんなせかせかしてるのよ」

ぶつぶつと言えば、薊は溜息を吐き出し私を睨んだ。ぐいっと顔を近付け、馬鹿を見るような目で見下ろしてくる。

「お前にひとつ教えといてやる」

「何？」

「あの世とこの世では時間の進むスピードが違う。あの世の一日は、この世でいう二日だ。お前は死んでからあの世で二カ月と十五日間、眠り続けた。つまり、お前が死んでからこっちの世界では五カ月が過ぎている。そしてその時間が長くなればなるほど、この世と魂の乖離が進んで、もう二度と雨賀谷春子としてこの世に戻ることはできなくなる」

「そうなの？」

二度と……。私は私として、もう二度と戻ることができなくなる。どうでもいいと感じていたはずなのに、思っていたよりもずしりとその言葉がのしかかった気がした。

「まあお前みたいな〝死にたがり〟は、そんなこと気にもしないだろうけど、なんにせよ俺は徳を六十年分集めてお前に渡さないと、見習いのままだ。それだけはどうしても避けたい。だから、早く書け」

トントンと帳簿を指先で叩かれた。なんてかわいげのない男だろうか。私は苛々しながら帳簿に視線を落とし、筆を回した。

おばあさんのことを思い出す。それはね、と口を開いたあと、彼女はこう続けた。

『あのお祭りの日、あの日に限って私を追いかけてきた理由を知りたいの。あの人のことだからきっと大した理由じゃないのだろうけど、その理由が聞けたら、私はぐっすり眠れる気がするのよ』

「うーん……今まで行こうともしなかったお祭りに急に行くなんて、どんな理由があったんだろう」

「そんなものに理由なんてないだろ。ただの気まぐれじゃないか」

適当な返事をする薊を見ながら私は今一度筆を回した。

おじいさんに、本当に理由はなかったのだろうか。

＊＊＊

『今年も明日見《あすみ》神社で花火が上がるんですって。行きましょうよ』

『ひとりで行ってこい。あんなむさ苦しい場所、暑くて敵わんわ』

『毎年毎年そう言って、今年くらいは一緒に行ってくれたっていいじゃないの』

『お前も毎年毎年、なんで飽きないんだ』

『本当に、あなたという人は無神経ですね』

その日も私はシゲルさんといつもの言い合いをした。年を取ると些細《ささい》なことでも苛立って、つい思ってもない余計な一言を返してしまう。

その日のお祭りも、結局ひとりで出かけることにした。

お気に入りの靴を履く。素材の軽い浴衣を持っていたけど、どうせひとりで花火を見て帰るだけ。普段着のままでいいだろう。

神社は人でごった返していた。幼い頃は駆け上がってもへっちゃらだった石段も、すぐに息が切れてしまう。参道に出ている出店の店員や石畳の上を歩く家族連れも、どこかで見たことあるような人たちばかりだった。

友人ともすれ違った。長話をしたかったけれど、どなたも家族連れで少し会話を交わしたあと、またねと手を振った。私はシゲルさん以外家族がいないものだから、連れ合って仲睦まじく賑やかな様子は羨ましく感じた。

花火を見るときは必ずここでという定位置があった。参道を抜け、もう少し先にある石段を四、五段ほど登った場所で腰かける。ほかの場所と比べると薄暗く、参道に飾られている提灯《ちょうちん》がずいぶん遠くに見えた。

夜空に大きな花火が打ち上がる。変わらず色とりどりで美しい。

あの人のお弟子さんのものだろうか。それとも別の人のものだろうか。私は花火に関しては変わらず素人なので見分けがつかないけれど、今年も綺麗なものだと眺め耽《ふけ》っていた。

花火の演目が最後に近付いた頃。いつもはそんなことないのに、ふいに出店が気になった。

何かが食べたくなったわけでも、買いたくなったわけでもない。ただ、そちらに呼ばれているような気がした。

石段に敷いていたハンカチから砂埃《すなぼこり》を払い、ゆっくりとそこを下りていく。背中で花火が大きい音を鳴らしている。そのたび、私の足元が明るく照らされた。

そうしてこの辺りでは一番幹の太い木に差しかかったとき、ぱきっと小枝の折れる音がした。

『あっ』

声を上げる。来ているはずのないシゲルさんがそこにいたからだ。

あれほど見に来ないと言っていたのに。

『どうしたんですか、そんなところで』

『………………』

『家にいるんじゃなかったんですか？』

『……音が懐かしくて』

そのあとの言葉は続かなかった。けれど顔を背け、口を開いたシゲルさんに思わず笑ってしまった。

『もう少し見ていきますか？』

『……せっかくだから』

それ以降の会話はなかった。ただじっと夜空に打ち上がる花火を眺めて、それだけだった。

花火が大輪の花を咲かせるように打ち上がる。ふたり揃って花火を見上げるのはいつぶりだろうか。職人だった頃のシゲルさんは今よりもぶっきらぼうだったけど、花火を見るときだけはいつも目を輝かせていた。

何もかもが懐かしく、嬉しい気持ちで心が満たされていく。

帰り道はどちらからともなく手を繋いだ。いや、少し嘘をついた。私から手を伸ばして、そっと握ってもらった。

『なんだか恥ずかしいですね』

昔と比べて大分しわしわでかさついた手だったけど、久しぶりに握った手のひらはそれはそれはあたたかくて思わず笑みが零れてしまった。

とにかく不思議な夜だった。まるで若い頃に戻ったみたいな、夢のような夜だった。とっても、幸せな夜だった。けれど……。

『ああ光代、光代。どうして……行かないでくれ、私を置いていかないでくれ……』

泣かないで、泣かないでシゲルさん。

姿が見えなくなっただけじゃないの。声が聞こえなくなっただけじゃないの。

私はここにいるんだから。大丈夫よ。

あなたのそばで、あなたが寂しくないように。

＊＊＊

――はっとした。帳簿を握り締めながら瞼を閉じていたら、光代さんの記憶が流れるように私の脳裏に入ってきたからだ。

私は顔を上げ、急いで木の上から下りた。ぐらりと足場が不安定になる。飛ぶって難しい。

薊が訝《いぶか》しげな顔をして「どこへ行くんだよ」と言う。

「光代さんのところ。私、初めてだし……ちゃんと忠実に書いたほうがいいと思うから！」

よろよろと飛ぶ私の隣を悠長についてきて、薊は「へえ」と物珍しげに声を上げた。

「もっと適当にやるのかと思ったけど」

「は？　なんで」

「〝暇潰し〟らしいし？」

「……あのねえ、私の暇潰しは他人にとって関係ない事情でしょ。別に適当に過ごしたいってわけじゃない」

そう言ったけれど、あんな記憶を見せられて、適当になんてできるわけがなかった。誰かが誰かを大切に思う記憶に触れて、私だって思うところはあるのだ。

誰かの人生を、粗雑になんか扱えない。

すると薊が「俺もお前の暇潰しには関係ないけど巻き込まれてる」と言うので、「あんたは私を殺したんでしょう」と言い返しておいた。

生きていた頃は、他人の気持ちなんて考えたこともなかった。だけど、あんなにはっきり光代さんの気持ちを知ってしまったら、それを私なら届けられるんだと思ったら、いても立ってもいられなくなった。

何者でもなかった私が、今できることを精一杯やりたいと思ってしまった。


姿が見えてすぐに「光代さん！」と声をかけた。

「あら、ずいぶん早いのね。手紙ができたの？」

「いいえ、まだなんですけど、聞きたいことがあって」

光代さんは不思議そうな目で私を見つめていた。

「光代さんにとって、一番大切なものってなんですか？」

それがわかれば、光代さんの気持ちを綴ることができる気がする。

あの家に、もっとも大切な、忘れてきたものはなんだろう。

「大切なものはたくさんあるわ。花火の写真に、シゲルさんのことが書かれている新聞の記事、ふたりで過ごした日々を綴った古びたカレンダー。どれも人から見たらどうでもいいものばかりだけれど、私にとって大切なもの。そのすべてに、シゲルさんとの思い出が詰まっているもの」

光代さんは家の周りを旋回し、おじいさんの様子を見下ろしている。切なげに、優しげに。

そして見守るように「だけど」と続けた。

「結局私の一番大切なものは、大切な人は、シゲルさんだけなの」

その声は、今まで聞いた中で一番優しさに満ち溢れた声だった。

「彼さえ幸せなら、ほかになんにもいらないのよ」

帳簿を綴るヒントはずっと、そこにあったんだ。私はこのとき初めて気が付いた。

胸の奥にじんわりとあたたかいものが広がる。こんなにも優しくて、切ない気持ちが溢れ出すとは思いもしなかった。これはただの、暇潰しだったはずなのに。

「薊」

後ろにいる薊に声をかける。

「私は手紙のマナーなんて知らないけど、自分が思ったように書けばいいいんだよね」

「書くのを任されているのはお前だ。自由にすればいい」

「わかった」

私は一息ついて、帳簿に筆を立てた。

光代さん、あなたの思いが、どうか届きますように。

置いてきたあの日へ

　郵便受けに便箋だけの手紙が届いていた。ばあさんが死んでからというものの、届け物は光熱費の明細書ばかりで、味気なくつまらない毎日を過ごしている。

　あいつが亡くなって、四年も経った。

　仕事を引退してから五年目の夏だ。まさか先立たれるとは思ってもみなかった。

　小言が多いばあさんだった。一日に一度は口喧嘩《くちげんか》をして、けれどそのたびに仲直りしていた。

　今日もまた、あいつのことを思い返す自分が嫌になる。きっとあと何年、おそらく死ぬまでこの習慣は変わらないんだろう。

　やれやれと首を振りながら、便箋の最初の行を確認した。

　宛先は私。送り主は――。

　喉の奥が詰まる。言葉がうまく発せなかった。

　慎重に便箋を広げる。夏の日差しにじわりと汗をかいた。

シゲルさんへ

光代です。お元気ですか？

不思議なご縁があって、私の気持ちをある人に代筆してもらいました。

まずは謝ります。あなたの前から突然いなくなってしまい、本当にごめんなさい。

ひとりになったあなたを見ていると、生きていたときよりもずっと心配事が増えてしまいました。

不器用なあなたと出会って、ずいぶん長い時間を一緒に過ごしましたね。

大きな身体なのに、口数が少ないあなたは、まるで臆病なクマのようでした。

はじめは不器用で怖い人だと思っていたけれど、花火師を目指す夢を諦めなかったあなたの姿に励まされ、私は教師になりました。

シゲルさんがいなかったら、きっとその夢は叶わなかったでしょう。

私の人生が実りあるものだったのは、いつだってあなたがそばにいたからでした。

あの日、そう私があなたの元を離れることになった前日の花火大会の日。

あなたは私を追いかけて、お祭りにやってきましたね。

職人の道を退いてから、いくら誘っても来てくれなかったのに、どうしてあの日は花火を見に来たのでしょうか。


私はその理由がずっとずっと気になってしかたないのです。

だって、とても嬉しかったから。

あなたの元を離れてからも、あの日のことを振り返ると切なくて愛おしくて。

少し恥ずかしかったけれど、あのとき繋いだ手のひらが、どんなにあたたかかったか。

あなたから理由を聞けたら、私はやっと安心して眠れます。

ねえシゲルさん。私はあなたのことを愛しているから、
私のことを思って、どうか寂しく過ごさないで。
それが私のたったひとつの願いです。今まで、ありがとう。

光代

悪質な悪戯《いたずら》だと思った。

筆跡があいつのものではないし、便箋がとても綺麗なものだから、数年前に書いたものとも思えなかった。

でもなぜだか怒りが湧いてこない。

この手紙が、この言葉たちが、あいつからのものだと思えてしかたがないのだ。

「……手紙の書き方も知らんのか、あいつは」

口を出たのはまた素直じゃない言葉だった。ほっとけばばあさんと言い合いがはじまりそうだ。

そんなことを思ったとき、自分の息が震えていることに気が付いた。誰が書いたかもわからない手紙に、柄にもなくボロボロと涙を流してしまった。

小言が多いばあさんだった。

ああ言えばこう言う、気の強い女性だった。思い返せば、あまり相性はよくなかったのかもしれない。

それでも、結婚を後悔したことは一度もない。

この人となら一生を添い遂げられると、昔もそして今も、ずっと思っている。

——どうしてあの日は花火を見に来たのでしょうか。

祭りに出かけたのはあの年のあの日だけ。

どうして――。

それはおかしな話かもしれないけど。

なぜだか急に、お前が遠くに行ってしまう気がしたんだよ。

だから無性に、お前とふたりで、祭りに行きたくなっただけなんだ。

花火を見て、感想を言いながらふたりで家路を歩く。

そんな取り留めのない時間を、柄にもなく過ごしてみたくなったんだよ。

だけどあれだけ行かないと言ってしまった手前、声をかけづらくて、ずっと後ろをこっそりついて回ったんだ。久々に出向いた祭りは思った以上に混んでいて、年を取って人の多い場所へわざわざ行くこともないなとあらためて思ったものだ。

木の幹に寄りかかり、疲れた身体を休めていた。快晴の星空だった。

黒いキャンバスに絵具を豪快に垂らしたような、ひっきりなしに上がる花火はそれは見事なものだった。引退間際には、今度は自分が立派な花火をおやっさんに送ると弟子に言われたのも懐かしい。

いつの時代も変わらず、色褪《あ》せないものがここにある。あれだけ意地を張って見ることを拒んでいたが、やっぱり花火は美しい。どんな形で見ようとも、それだけは変わらない。

引退したときはまだまだ現役でいたいと思っていたものだったが、与えられる側も、悪くない。

あまりに花火に夢中になっていたせいか、ばあさんが近付いてきていることに気付かなかった。だから声をかけられたときは、うまく言葉を返せなかった。

手を振り払わなかったのは、私も嬉しかったから。

気恥ずかしかったがとても嬉しく、そして懐かしかったからだ。

皺だらけのかさついた、綺麗でなくなった手があたたかく、優しかったから。

「ただ、花火を見たくなったんだよ、ばあさんとふたりで」

理由なんてそれだけ。それだけなんだよ。

あれ以来、祭りには行っていない。花火も、見ていない。

仏壇にあるばあさんの写真を眺めながらぽろぽろと言葉が溢れていく。どこかで聞いているのだろうか。聞いていたらいい。ああ、そうだ。

「今年は久しぶりに行ってみようか」

あの祭りへ。ばあさんがいなくなってからずっと心を置きっぱなしにしていたあの日へ。せっかくだから、弟子にも会いに行こう。そうして花火の感想を聞かせてやろう。ばあさんのように、小言が多いじいさんになってやろう。

「なあ、光代さん」

写真の中のお前は、綺麗な笑顔をしている。

そしてその笑顔を、私は大層、愛していたのだ。

「聞こえたか。これでぐっすり眠れるだろう」

眠れたらいい、眠ってくれたら、いい。

＊＊＊

手紙に目を通し、仏壇の写真に向かうおじいさんの姿を、光代さんは優しげな顔で見下ろしていた。役目が終わったかのように、しんみりと、けれどすっきりとしたような表情で。

そしてしわしわの手をおじいさんの肩に置き、「お元気で」と言う。

その声はもちろん届かない。それなのに、おじいさんははっとしたように顔を上げて微かに頷いた。

「……ああ」

それはまるで、花火が散ったあとの夜空のような。

少し寂しい、けれど瞼に残る、そんな儚《はかな》さをたたえているようだった。

「ねえ、薊」

私の後ろを退屈そうに浮いてる薊に声をかけた。なんでこんなことを聞こうと思ったのかわからない。けれど私は自分の胸につかえたこの気持ちを、誰かに吐き出したかった。

「残される側の気持ちがどんなものか、薊はわかる？」

沈みかけた夕焼けがおばあさんの家を茜色に染め上げていた。東の空を見れば紺青がただひたすら広がっている。

この世の一日が、また終わろうとしてるんだ。

薊は質問には答えなかった。代わりに「見ろ」と煤けた屋根を顎先で差した。屋根を抜けた光が、溶け出したような光の雫が、空高く上がっていく。

まるでランタンを空高く飛ばしていくようだった。いつまでも溢れ出る誰かへの思いを表現しているようにも思えた。

息が、止まりそうだった。

死んでいるのにその表現はおかしいかもしれないけれど、それほど目を見張る光景だった。

「あれが徳だ」

薊の声が、やわらかくその場に響いた。言葉が出なくなるほど綺麗な光景に、ただ溜息を吐く。

優しく、あたたかな光の雫が、いつまでも夕空の中で輝いていた。

迷子の朝焼け

「遅い」

　薊の声に、私は辟易《へきえき》しながら「うるさいな」と口を尖らせた。相変わらず文句が多い。

「お前のせいで、夜が明けちまうだろうが」

「はいはい、わかってるよ。でもまだ疲れが残ってるの！」

　あの一件から確実に一日以上は経っているけど、未だに疲労が取れない。身体が妙に重いのだ。

「飛ぶのにも慣れないのになんで……」

「いつになったら慣れるんだよ。お前、さては運動音痴だろ？」

「なんでそうなるの！」

　確かに運動に自信はないが、いちいち言わなくたっていいのに。本当にデリカシーのない男。

　ふんっと怒ってやれば、薊は「やっぱそうか」と八重歯を見せてケラケラと笑っていた。むすっとしていないところを見れば、そこそこ機嫌がいいのだろう。

人を馬鹿にして機嫌をよくするとは、なんて性悪なやつなんだ。

「モテないだろうな……」

「あ？　なんか言ったか」

「別に」

頭を突き出すイメージですいっと身体を前へ移動させる。飛ぶのはイメージが大事だ。薊は軽やかに飛んでいるけど、集中力を少しでも切らしたら、地上に落下する自信があった。

「それにしても薊」

「なんだよ。つかずっと思ってたけど、なんで当たり前のように呼び捨てしてんだよ。許可してねえだろ」

「ずっと不思議だったんだけど、なんでおじいさんは、光代さんからの手紙をあんなにすんなり受け入れたんだろう」

「無視かよ」

舌打ち混じりに呟き、薊はなんだかんだ私に合わせてスピードをゆるめる。そして、至極面倒そうな顔でこう続けた。

「帳簿の力だよ」

「帳簿の？」

「亡くなったばあさんの手紙を、生きているじいさんがなんの違和感もなくすんなり受け入れていたのはその帳簿のおかげだ。それは人が違和感なく受け入れることができて徳の回収率も高い、特殊な帳簿だ。ただし、前にも話したように失敗もする。そのときは紙ごと捨てられるし、体力がなくなって疲労から文字さえ綴れないこともある」

淡々と答えていく薊に、頷く暇もない。親切心をどこかに落としてきたんじゃなかろうかこの死神は。

「例え書けたとしても、文字には言霊が宿るから力がいる。さっきからお前が疲れてるのも、そのせいだ」

あの死神が言っていた『地味っぽく見えて体力仕事のギャップ』というのは、どうやらこのことらしい。

身体が疲れている今ならわかる。言葉を綴るのは体力がいるんだ。

人の気持ちを正しくちゃんと伝えるってそれほど大変なことなんだ。

光代さんの気持ちを代筆してわかった。少なくともこのザンシ課には他人の気持ちに敏感になれる繊細さや、人と人との繋がりを大切にしようと思う心のあたたかさみたいなものが必要なんだ。

……これを六十年分だと思うと、正直、私なんかには荷が重い。

思わず溜息が出そうになったけど、薊の前で弱気になるのはなんだか悔しい気がした。私はごまかすように「でも！」と声を張る。

「そんなの知ってたんだったら、体力のない私に気を遣ってくれたっていいでしょ？」

「お前の場合、疲れてても疲れてなくても大して変わんないだろ」

「な！　本当にデリカシーのかけらもないよね。そんなんだから見習いに降格されるんだよ」

「あ？」

「同じ死神でも青天目さんのほうが優しくて親切だったし、ああいう人のほうがザンシ課には向いてそう」

嫌味のように大声で言えば、薊の顔が不機嫌そうに歪んでいく。

「青天目の話、あんまり俺の前ですんな」

「はあ？　なんでよ、仲よさそうだったじゃない」

まあ、青天目さんが一方的に楽しんでいる感じだったけど。

「よくない。あいつが俺にかまってくるだけで、俺はあいつのこと、正直苦手だ」

「どうして？」

「うるせえな、お前には関係ない」

ふいっと顔を逸らし、薊はまた先へ飛んでいく。

地雷でも踏んでしまったのだろうか。そんなに変なこと言ったかな……？

少々むすっとしたままの薊にかける言葉に迷っていたら、薊が止まってこちらを振り返った。

「あそこ、見てみろ」

薊が言葉とともに顎先を動かした。促された場所に目を向けると、

「うっ、うう……お父さぁん」

公園の街灯の下でうずくまって泣いている男の子がいた。顔がよく見えないけど、十歳くらいだろうか。

「お父さぁん」

涙が入り混じった鼻声で必死に父親を呼んでいる。

「え、迷子？」

「浮遊魂だ」

淡々と薊が答える。

「じゃあ、あの子が次の？」

「そうだ」

「……なら、声かける？」

「なんだそのしかたなさそうな顔は」

「違うの。声をかけなきゃとは思うんだけど、いかんせん身体が重くて……」

正直に答えれば、薊が呆れながら溜息を吐いた。

「まったく……。まあいい、まず見るだけ見てろ」

その子はうずくまったまま変わらず泣いている。それも人が通るたび、お父さんと泣いている。さすがにかわいそうになって薊の方を見れば、「見てろ」と今一度言われた。

すると男の子は人が通り過ぎたあとにけろりと顔を上げて、その場を旋回していた。そして、人が通るとまた同じように「お父さぁん」と泣きはじめる。

それを何度か繰り返しているその子に、私は首を傾げた。

「何してんの、あれ？」

薊はその問いに答えるかのように溜息を吐き出し、その子の元へ向かった。

「お前、桐山公太《きりやまこうた》だな」

薊が声をかけると、その子はびくっと肩を揺らして振り返る。一瞬、眉をしかめつつも、彼は子供らしい顔で「うん」と頷いた。

「そうだけど、お兄ちゃんたち、だあれ？」

「猫かぶってても無駄だ。お前、夜更けにそこで人間を驚かしてる愉快犯で名前が挙がってんぞ。いい加減やめておかないと、地獄行きだ」

「え〜、僕そんなことしてないよ？」

白いTシャツに、ベージュのカーゴパンツをはいた彼はやっぱり子供らしく首を振っていた。

「それに僕の姿って人に見えてるの？」

「そこそこ霊感のある奴には見えてるんだよ。知ってるくせに、今さら装っても遅えぞ。声かけてきた人間を片っ端から脅かしてるだろ」

「だったら何？　お兄ちゃんたちには迷惑かけてないでしょ？」

「ああ。でも、お前の悪戯に対する被害報告が異常なんだよ。死後の世界が人間に知られてしまうと、均衡が崩れかねない。上としてもそこはどうにかしないといけない問題だからな」

「僕はただみんなと遊んでただけだよ」

「お前はそう思ってても、受け取る側は遊びだと思っちゃいねえんだよ」

先ほどまでの表情とは一変、彼は不機嫌そうにこちらを見上げてくる。そしてしばらくしたあと、観念したように首を振った。

「はいはーい、わかったよ」

今までとはまるで態度が違う。ただ、おそらくこっちが本当の顔なのだろう。見た目は十歳くらいに見えるけど、口調や動作は生意気な中学生のようだった。

「確かにみんなを驚かせてたけど。何？　僕を捕まえにでも来たわけ？　そろそろ成仏しろって言いに来たの？」

「そうじゃねえけど、そうだ」

　薊ははっきりとした口ぶりで、ずいぶん曖昧なことを言った。

「同じ場所に留まれば留まるほど、この世との乖離が進んで異物として認識される。悪霊なんかになっちまったら、死神どころか、あの世にすら見放されるぞ」

「…………」

「ずっとひとりのままでもいいのか」

　薊の言葉にぐっと黙り込み、その子は都合が悪そうに顔を逸らす。その表情は、どこか寂しそうだった。

「ねえ」

　思わず男の子に声をかけると、薊がはっとしたような顔をした。

「あなた、本当に人を脅かしているの？」

「……えっ」

「だって、ひとりぼっちは嫌そうだから」

「誰もそんなこと……」

「でも泣いてたじゃない」

思ったことを言っただけなのに、薊から「余計なこと言うんじゃねぇよ」という無言の圧力を感じた。

薊は薊なりに、彼の本音を聞き出そうとしていたのに、その前に私が声をかけてしまったから、計画が狂ってしまったんだ。しまったとは思ったけれど、もう声にしてしまった。私は縋《すが》るようにその子の答えを待った。

「……別に僕は脅かしてるつもりはない。だけどみんなが勝手にびっくりして僕をお化け扱いするから、腹が立ってそう振る舞ってただけ。僕が望んでやってたことじゃない」

強がっているように見えて、その胸のうちは動揺しているのか、声が少しだけ震えていた。でもよかった、答えてくれて。

「じゃあ、どうしてあんな風に泣いてたの？」

「それは……」

そこまで言って口ごもる。思わず薊を見れば、やれやれと言わんばかりに頭を掻いて「おい、チビ」と無作法に言葉を投げた。

「お前、この世にいったい何をやり残したんだ」

子供に対してそんな物言いはどうかと思ったけど、結局それを聞かなくては私たちも仕事ができない。やることはいささか乱暴だけど、薊は計画的にことを運んでいる。

「……ぼ、くは」

その子が何かを言い出そうとした瞬間「うぃっく……あ〜飲んだ飲んだ」という酔っ払いの声が路上から聞こえてきた。

はっと顔を上げた子供は、そのままそちらに走り出す。

「お父さん!?」

「課長飲みすぎですよ」

「しかたねえだろ？　今日は本部長がせっかく本社から来て、俺たちにあんなに高い酒奢《おご》ってくれたんだぞ〜」

呂律の回っていない男たちが道なりにふらふらと歩いていく。そこに駆け寄った男の子が「あなたは僕のお父さんですか!?」とまた声をかけた。彼らの目にはそんな子供の姿なんて映っていない。

「そういえば課長知ってます？　ここの公園、出るらしいですよ」

「出るって何が？」

「幽霊ですよ幽霊。啜《すす》り泣く子供の幽霊が出るって有名なんですよ！」

「なんだそりゃ」

「その子供に声をかけられたら、あの世に引きずり込まれてしまうらしいです」

「引きずり込んでどうするつもりだ、食う気か？」

「さあ。まあ噂ですけどね」

ゲラゲラと笑い、彼らは身体をふらつかせながら去っていった。

彼は最初こそその人たちに必死についていったけど、今はしおれた植物のようにひどく元気をなくしているように見えた。

「……お前、父親を探してるのか？」

先に声をかけたのは薊だった。彼は言いづらそうに「そうだよ」と頷いた。

「僕だって、好きでこんなところにいるわけじゃない」

「……そうか」

薊が頷きながら、こちらを見た。そして目が合ったと同時にいきなり肩を抱き寄せられる。

「だったらその父親探し、この姉ちゃんが手伝ってやるよ」

「……へ？」

肩を抱き寄せられたことばかりに意識がいってしまい、反応が遅れる。

「ほんと!?」

「ああ。だから、もう妙な悪さはやめとけ。きっかけは父親探しだったとはいえ、途中から人間で遊んでただろお前」

「わかったわかった、もうやんないよ！」

勢いよく返事をすると、その子はふわっと身体を綿のように浮かせこちらへと向かってくる。

「いや、私まだいいよなんて言ってない……」

薊に向かって反論しようとしたが聞いていない。彼は子供らしい大きな目をくりくりさせながら、「よろしくな、姉ちゃん」と笑っていた。

「僕の親は、僕がまだ赤ちゃんのときに離婚したんだ。僕はお母さんに引き取られたから、お父さんのことは正直覚えてないし顔も知らない。何にも覚えてない。でも、そんなお父さんに、一回でいいから会ってみたいと思ったんだ」

そう話し出す彼の表情を見て、私は少し胸が苦しくなった。まるで彼がまだ生きているような錯覚を覚えたからだ。

「僕のお母さんが結婚することになったから……本物のお父さんが〝お父さん〟じゃなくなる。僕はきっと新しいお父さんを〝お父さん〟と呼んでいくし、今まで頭の中だけにいたお父さんは忘れちゃうと思う」

忘れちゃう、か。少し思い当たる部分があったけど、首を振って公太くんの話の続きを聞いた。

「そう思ったら、どうしても会いたくなったんだ。だからあの日、お母さんに内緒で家を出た。お母さんが隠していた手紙を読んだとき、それが本物のお父さんからのものだって気付いた。それからその住所を辿ったけど道に迷って……ほら、あそこ。あの道沿いでトラックに轢《ひ》かれて死んじゃった」

忘れ物をしてきちゃった、とでも言うような軽い口調でそこまで話すと、彼は「あーあ」と口を尖らせる。

「あとちょっとだったのになあ」

「あとちょっと？」

「住所がこの辺だったんだ」

彼はくるくると街灯の上を旋回し、そして途方に暮れたように頭の後ろで手を組んだ。もうすぐ夜更けだ。そんな時間に、こんな小さな子供がいるのもおかしな光景だった。普通なら。

「だからお前、ここで人脅かしてたんだな」

「だから脅かしてたんじゃないってば！」

薊の言葉に噛み付くように反論する。「あれは僕なりの作戦だし」と、ぼそぼそとはっきりしない口調で続けた。

「僕、住所の紙も結局なくしたし、お父さんの顔知らないし、だからもう向こうから気付かせてやろうって思って……演技でも泣いてたら声かけてきてくれないかなって……お父さんなら僕の姿が見えるかもしれないって思ったんだ」

ぽつぽつとその子の言葉が夜に響く。

「それ以外は何も思い付かなかったんだ！　笑いたきゃ笑えよ」と、彼はすねたように恥ずかしそうに言っていたけど、その〝作戦〟を実行するたびに何を思ったのだろう。

何を、感じていたのだろう。

「それで、少しでも近寄ってくる奴はいたのか」

「声が聞こえてる人は何人かいたよ。でもどいつもこいつもそれだけで驚いてどっか行っちゃう。根性なしばっか！」

その子は宙逆りをしながら舌を出す。薊は「だろうな」と言い、子供の顔を上から覗き込むように近付いた。

「お前、父親の名前とか覚えてないのか？」

「名前？　ああ、えっと、こういう字」

彼は地面まで降りると、落ちていた木の枝で土に字を書く。

「伊《い》、藤《とう》、明《あき》、仁《ひと》？」

地面に書かれた字は漢字がところどころ間違っていたけど、なんとなく雰囲気で読んでいく。

「伊藤明仁か？」

「うん、たぶん」

「たぶん？」

「だって僕、漢字苦手だもん」

当然のように言って、彼は枝を投げ捨てた。薊が「ちゃんと勉強してなかっただろ」と呆れると「面倒くさいもん」と彼はそっぽを向いた。

「おい、ブス」

デブだのブスだの、こいつは口をつけば失礼なことしか言わない。

「俺は上で伊藤明仁について調べてくる。お前はチビを見とけ」

「えっ！　なんで置いてくの」

「お前は飛ぶのが遅いだろうが。この腕輪のせいで普段より遅いとはいえ、俺のほうがお前よりは確実に速いからな」

きちんと嫌味まで添えて、薊は人の言葉も聞かず「じゃあな」と上に向かって飛んでいく。本当に置いていきやがった。

「くそ……」

呟きながら振り返ると「僕知ってる。姉ちゃんみたいなのを都合のいい女って言うんだよな」と彼が笑ったので、「違う、全然違う！」と声を張った。

「そんな言葉どこで覚えたのよ」

「そりゃあ、長く生きてたら覚えるさ」

「もう生きてないでしょ……あっ」

しまったと口を塞いでも遅い。彼はそれを見ながら「姉ちゃんって、〝でれかしー〟がないな」とまた笑っていた。

「デリカシー、ね。……でもごめんね、そういうつもりはなかったの」

「気にしてないよ。もう死んだことは受け入れてるし、今さら何を言われても……」

ずいぶん達観している。いや、そう見えるだけだろうか。

「ねえ……ええと、公太くん。あなた、どうして泣いてたの？」

「は？　それさっきも言ったじゃん、向こうから声をかけてもらうために」

「そうなの？〝本当に〟泣いてたんじゃなくて？」

「はぁ？」

「最初ね、公太くんの声が聞こえてきたとき、本当に泣いてるんじゃないかって思ったの。困ってるんじゃないかなって。お父さんとはぐれた迷子かなって」

とても、あの泣き方が演技のように思えなかったんだ。

この子の気持ちが、心が、『お父さん』と叫ぶあの声に詰まっているような気がしてならなかった。

「ねえ、公太くん」

「何？」

「誰かに伝えたいことはある？　お父さんでも、お母さんでも」

「伝えたいこと？　もちろんあるよ、たくさん！」

くるりと身体を反転させて私の前まで来ると、あれと、これと、それと、と。まるでほしいものを頭の中で整理しているときのような顔で順番に指を折っていた。

「まず、お父さんでしょ。あとお母さんと、新しいお父さん。それから……、生まれてきた妹」

「妹？」

「うん。今年か来年で八歳なんだ！」

「八歳？　それじゃあ、公太くんとあまり変わらないね」

「僕が死んだのはこっちの世界で八年前なんだ。そのとき、入れ違いで妹が生まれたんだよ。死んでからもこっそり家を見に行ったりしたんだ」

妹が生まれたことを、純粋に喜んでいるようだ。

なぜ、そんなにはつらつとした顔ができるのだろう。あまりにも切なくて、すぐに言葉が出てこなかった。

「姉ちゃん？」

「あ……じゃあ、公太くんは生きてたら、高校生？」

「うん？　そうだね。きっと高校生だ」

そうか。生きていたら、私と年は変わらないんだ。

「何？」

「ううん……それで、お父さんに会ったらなんて伝えたい？」

「んーそうだなぁ。まず、僕のこと覚えてるか聞きたい。もしかしたら、忘れてるかもしんないし……でも覚えてたら、名前を呼んでって伝えたいな」

「名前？」

「うん。新しいお父さんはとても優しくしてくれたけど、僕のことを公太くんって呼ぶんだ。それがなんだか僕にとって〝本当〟じゃない気がして……。本物のお父さんだったら僕のことをどう呼ぶのかなって。ほら、やっぱり名前ってちゃんと呼んでもらえると嬉しい気持ちになるでしょ？」

へらりと笑って、公太くんは伸びをする。

「なーんか死んでから思ったんだけど、この身体だとお腹も空かないし眠くもならないし、痛さとか疲れはあるけど、生きてるって感じはしないんだよね。当たり前だけどさ」

退屈そうに言う公太くんに、確かにと心の中で頷いた。疲れは感じる。痛みもある。だけど、それ以外の生理現象は感じない。

「生きてる、か……」

独り言のように呟き、手を握ったり開いたりした。これといって変わったこともないし、空を飛ぶ難しさ以外、さして不便なことはない。

私が死んでもこの世の一日は変わらず進んでいくし、満天の星はこんなにも綺麗だ。生きていたときに私が死んでも世界は変わらず動くんだろう、と思っていたことがこうして実際に起きている。

わかってはいたけど、なんだか物足りなく感じた。

現実味がないというか、正直寂しい気持ちになっていた。そんな気持ち、死んでもいいなんて思っていた私には抱く権利なんてないだろうに。

「なあ。姉ちゃんはさ、なんで死んじゃったの？」

「それは……」

間違えて魂を狩られたなんて言っていいんだろうか。いや、やめよう。私とこの子じゃ経緯が違う。なるべくしてなった運命とはまた違う。

「私も事故で。自分の不注意が原因」

ぎこちなかっただろうか。嘘はついていないけど、少しうしろめたかった。

「ふうん、じゃあどうして死神になったの？」

「え？　死神？」

「ほら、だってさっきの兄ちゃん角ついてたし……あれだろ？　僕たちみたいな浮遊魂で〝行き場のない奴ら〟が死神になるんだって、前に近くを通りかかったじっちゃん幽霊に教えてもらったことがある。あとほかにも生き霊だとか、すんごい極悪人がやってるとか、噂で聞いたことあるかな」

生き霊に、極悪人……？

「そ、そうなんだ」

なんかあまりいいイメージないな……。まあそもそも死神っていいイメージないけれど。

「まあでも、僕たちみたいにこの世でさまよってる魂は大抵目的があるんだけど、死神の奴らは居場所がない浮遊魂だとも言ってたな」

「居場所……」

確かに、死期がきたわけでもない私には受け入れ口もなく居場所がない。例えば、光代さんやこの公太くんみたいに、うつし世でさまよう目的も留まる理由もない。

――生きる目的みたいなものもなかったし、『いつ死んでもいいや』って思っていたというか……生にあまり興味がなくて。やり残したことも別にないし。

あのときの私の言葉を、薊はどんな顔をして聞いていたっけ。

「おい」

「うわあ!?」

「うるせえ、なんだよ突然！　叫ぶな！」

振り返れば、しゅるしゅると尻尾をしならせ、しかめっ面で飛んでいる薊がいた。

えらく早いお帰りで。というかいきなり背後に現れるな！

「あ、兄ちゃん。もう帰ってきたんだ。すっげー早いのな」

「おいチビ。お前の父ちゃん、見つけたぞ」

「えっほんと!?」

しゅんっと薊の足元まで急いで近寄って声を張り上げる公太くんは、外見どおりの無邪気さを持っている。八年もさまよっていたとはいえ、幼いままで時が止まっているのだろう。

キラキラと期待の目を向ける彼に、薊は一瞬浮かない顔をした。

「前はここの近くに住んでいたらしいが、今は隣の県に引っ越してるみたいだ」

「そっか、だからここで泣いてても気付いてもらえなかったんだ」

へへっと笑っている公太くんの笑顔を、薊は静かに見下ろしていた。その横顔が曇っているように見えたのはきっと、さっきまで快晴だった空に薄雲がかかったせいだ。

「おいチビ。お前、父親に会いたいんだよな」

「うん」

「どんな形でもか?」

「え?」

「どんな風になっていてもか?」

公太くんに視線を合わせた薊の前髪が闇夜に揺れる。けれど斜め後ろにいる私の方からでは、薊がどんな表情をしているのかは見えなかった。

何かを察したのだろう。公太くんは口を一文字に結ぶと大きく頷き、そうして「だって」と。

「だって、ずっと会うのが夢だったんだ」

そう、子供らしく笑った。


そこから私たちは、目的地まで飛んで移動した。薊はあのあと、「紙と筆の準備しとけよ」と顔も合わせず私に告げた。

目的地に着く前、遠くに白い建物が見えた。まさかと思い先に行く薊を見たけれど、なんの反応も示さなかった。その隣にいる公太くんも、先ほどと変わらぬ顔で飛んでいる。

辿り着いた先はやっぱりその白い建物だった。

白と言っても、月明かりの下に佇むその姿は青白く、ところどころが煤けた壁は少し不気味に映った。

「あそこだ」

探るように建物の周りを旋回していた薊がそこを指で差した。なぞるようにその先に視線を移す。カーテンの閉まり切った窓からは何も見えやしないけど、薊はそこに誰がどんな姿でいるのか知っているのだろう。

「お父さんっ」

閃光《せんこう》が走るような速さで、公太くんがそこへ向かって駆けていく。走っているわけではないのに、私にはそう見えた。

「おい、チビ」

窓の近くまで飛んだ彼に向かって、薊が言葉を投げる。

「夜明けを待ってやれ。そいつは眠ってる」

言葉遣いは乱暴なのに、静かな物言いだった。

私たちにしか聞こえていないことはわかっているだろうに、まだ一日が始まっていないこの世を気遣っているような声だった。

「……うん、わかった」

あまり音にならない返事をし、公太くんは窓から離れた。

ずっと会いたかった人がすぐそこにいるんだ。逸《はや》る気持ちもわからなくもない。それでもちゃんと従うのは、公太くんもこの世がどうやって、どのような時間を経て流れていくかを知っているからだ。

夜明けまであと数時間。

紺青色が広がる空は端から色を抜かれていくようにほんのり明るくなっていく。煙るようなはっきりしない色味が、公太くんの気持ちを表わしているようだった。

「ねえ、兄ちゃん」

夜が明けるのを屋上で待った。当たり前だけど、私たちしかいない屋上はやけに広く感じる。

「僕のお父さん、どっか悪いの？」

空気に溶けるような呟きだった。

子供らしく無邪気でもなければ、希望を見出そうと必死でもない。淡々とした問いに、薊は「ああ」と隠さず頷いた。

いや、もう隠す意味などないのだろう。ここは、この場所は紛うことなく病院なのだ。

「伊藤明仁は死期リストに入ってる。もう、長くない」

薊が思いのほか早く私たちの元へ戻ってこられたのは、リストに公太くんのお父さんの名前がすでにあったからだと言う。余命が決まっている人間の詳細はリストにまとめられているから、場所もすんなり特定できた、と。

「ふうん、死んじゃうのか。お父さん」

公太くんは、ショックを受けているようでも驚いているわけでもなく、ただ頷いた。顔を見たことも、名前を呼んでもらったこともない。けれど血の繋がったその人に対して、公太くんはどういう気持ちを抱いているのか。私には到底わからない。

夜が明ける。東の空が、白く、ほんのり淡く、光を帯びていく。少し心細そうな彼を、優しく包むように朝日が昇っていた。

「まぶしっ」

公太くんが顔を手のひらで覆った。

「ガキにはわかんねえだろうな、この景色のよさが」

「意外。薊も風情とか感じるんだ」

「なんか言ったかブス」

「何も」

薊の怒声に耳を塞ぐ。そしてそっと公太くんの隣に座り、朝焼けを眺めた。

一日は、こんなにもあっさり、そうしてこんなにも優しく始まる。

「おいチビ、見なくていいのか」

「……いい」

公太くんは目を覆ったままだった。

薊は「あっそ」と言ったきり何も言わずに背中をフェンスに預けていた。まるで風に吹かれたように、フェンスはカシャリと音を立てる。

私はその様子を横目で眺めた。

「綺麗な朝焼けだね」

そう公太くんに話しかければ「ふうん」と、ぶっきらぼうな声が聞こえた。

その指は微かに濡れていて、朝日に照らされキラキラと光っていた。

真昼の星雨

　本当のお父さんの顔を僕は知らない。

『公太、今日はお友達の家にお勉強しに行くんだっけ？』

『うん』

『そっか。じゃあお母さん、電話でご挨拶しといたほうがいいかしら』

『いいよ、そんなの！』

『そーお？』と頬に手を当てるお母さんを押し退け、僕は玄関に腰を下ろした。いつもは適当に踵を潰していたけど、今日はしっかりと靴を履く。

『じゃあ、僕もう行くから！』

『あまり遅くなりそうなら連絡するのよ』

『はーい、いってきまーす』

　返事をしながら玄関から飛び出す。はっはっと、短い息が何度も喉の奥で行き来した。いつも歩いている通学路を通り過ぎ、そのままこぢんまりとしたバス停に辿り着く。

　切符を取り、座席を探す。大人の視線が自分に向かっているようで、少し緊張した。

ひとりでどこへ行くの、なんて声をかけられたらどうしよう。自分の父親に会いに行くだけなのに、悪いことをしているようで怖かった。

お父さんとお母さんは僕がまだ赤ん坊の頃に離婚した。

今までずっとお母さんとふたりで暮らしてきた。けれどお母さんがこの秋に、もう一度結婚する。

相手はときどき家に遊びに来る高橋《たかはし》さんという男の人で、穏やかで優しい人だった。その人が明日、僕に挨拶に来るのだという。

別に嫌じゃなかった。むしろお母さんの笑顔が高橋さんのおかげで増えていることは、僕から見てもわかりやすいほどで嬉しいくらいだった。

ただその前に、僕はどうしてもやっておきたいことがあった。

握り締めた封筒に書いてある文字を見る。そこに綴られた〝伊藤明仁〟という名前は、たぶん自分の父親の名前だ。手紙の内容をお母さんに内緒で少しだけ読んで気付いた。

だから、新しいお父さんができてしまう前に、僕は本物のお父さんに会ってみたかった。

お母さんはきっとだめだと言うだろうから黙って出てきた。目的地までそんなに遠くないし、こんな朝早くに出たんだから夕方頃には帰れるだろう。

バスに揺られながら、これからのことをたくさん考えた。

お父さんは僕のことをわかってくれるだろうか？　もしも誰？　なんて言われたらどうしよう。ずっと会っていないんだからあり得る。

それでも、なんでもいいから公太と呼んでもらおう。

それから、なんで今まで会いに来てくれなかったのかって聞いてみよう。

目的の停留所に着いてバスから降りる。頭の中には自分に都合のいい計画ばかり浮かんでいて、気分が高まっていた。

はじめは大冒険をしているようなそんな気分だった。

住所を頼りにいろんな人に道を聞いて、途中で駄菓子を買ったりした。

『行燈町《あんどんちょう》ならこの辺だねえ。住所のとおりに行くなら、真向かいにある公園を突っ切ったほうが早いよ』

最後に道を教えてくれたのは、優しそうなおばあさんだった。

ああ、あと少し。あと少しで、お父さんに会える。

今までよりずっと早足になる。早く。早く。

公園は、どこもかしこも子供と大人の笑い声で溢れていた。日曜日だから、家族と過ごしている人が多いのだろう。

たらっと汗が顎を伝った。暑い。

さわさわとした風と、ざわざわとした楽しそうな家族の声がひどくうるさかった。その光景と、ひとりで知らない町にいることが、僕を急に心細くさせる。公園を突っ切ったら早い、そう言われはしたけど一度公園を出ることにした。

それがいけなかった。

ほかにも道があるはずと探し回っているうちに、封筒を落としてしまった。住所がわからなくなり、僕は途方に暮れた。

もうすぐ夕暮れだ。涙がじわりと滲《にじ》む。

ぐるぐると歩き回り、ようやく公園の近くまで戻ることができたけど、もうお父さんの家へは辿り着けない。大事な封筒を落としてしまったのだから。

大声を張り上げて、泣き出したくなった。

『お父さぁん』

縋るようなそれは、声と呼ぶには薄いものだった。視界も涙でかすんでいた。足取りさえ覚束ない。

そんな僕にトラックが突っ込んできたのはこのすぐあとだった。

『危ない！』

地面に向けて大きな砲丸が勢いよく投げ込まれたような、ものすごい轟音《ごうおん》が響き渡った。

トラックの音にまじって、男の人が叫ぶ声が聞こえた。目の前の景色もほとんどぼやけている中で、人影が見えた。死ぬ間際だというのに、七三分けのダサい髪型、とだけ思ったのを覚えている。

『おい！　君、大丈夫か⁉　誰か！　誰か救急車を！』

声が、誰かに似ている。

あ、そうか。

自分と、似ているような気がしたんだ。

＊　＊　＊

うつし世の時間が動き出す。路上を歩く人の数は増えたし、道路を走る車の数も時計の針が進むにつれてどんどんと増していた。

公太くんは隣で呼吸を整えていた。夜はあれだけ逸る気持ちを抑えられなさそうにしていたのに、今は何度も何度も病室に入るシミュレーションをしている。

「どうせ見えてねえのに」

ぼそりと呟く薊の尻尾を引っ張って「うるさい」と口パクで咎《とが》めておいた。

「よしっ」

気合いを入れた公太くんがいざ病室に入る。窓際ではカーテンが揺らめいていて、ベッドに横になっている人がそちらに顔を向けていた。

「お父さん……？」

公太くんの声に、もちろん反応することもない。頬を撫でるようなやわらかな風音だけが、その人の鼓膜を揺らしているのだろう。

「お父さん、お父さん……僕だよ、公太だよ」

まるで探るような震えた声。それを隠すように公太くんは笑っていた。

「でも、わからないよね。だって、僕も……」

その後ろ姿を見ながら思う。

「僕もお父さんの顔なんて、知らないから……っ」

いったい、彼はどんな思いで、あの公園で泣いていたのだろう。そのたびに驚かれ拒絶され、そのうち、それをわざとだと言い張るようになったのはいつからだったのだろう。

「でもね、お父さん」

公太くんが、声のトーンを少し落としたときだった。

「お父さん、入るわよー」

病室に女の人の声が聞こえた。それに反応して、公太くんのお父さんがこちらに顔を向ける。

「ああ、なんだ今日も来てくれたのか」

やせた頬、少し高い鼻筋、そして――。

「行くって言ってたでしょ。具合はどう？」

「お父さん！」

「おお、ミサ。来てくれたのかあ」

「うん。だって、先週は来れなかったから」

女の人の後ろから、小さな女の子が駆けてくる。私や薊の横を通り過ぎ、そして公太くんの脇をすり抜け、その子はその人の元へ倒れ込むように抱き付いた。

「嬉しいなぁ、わざわざ会いに来てくれて」

優しそうな目元に皺が寄る。

その笑い方はまるで、まるで――。

公太くん、と名前を呼ぼうとした。けれど、それを薊が手を出して制する。

「なんだ……」

公太くんの肩が震えていた。怒っていると思った。膝元に自分の知らない娘を抱き、自分の知らない女の人に微笑まれ、はたから見たら、とても幸せな家庭を公太くんに見せつけているように思えた。

どうして止めるんだと薊の顔を見る。その目はじっと公太くんの背中を見据えていた。普段とは全然違う、薊の揺るぎない眼差しに驚いた。

「はは！　ダサい髪型……どうして八年も変わってないんだ……」

公太くんは笑っていた。悲しむでもなく、憤るわけでもなく。

ああ、そうか。そうだったのか。そう、確かめるように公太くんが呟く。

「僕、もうお父さんに会ってたんだ……」


場所を病院の屋上に移動した頃には昼になっていた。やっぱりうつし世では時間が進むのが早いらしい。

「事故の日にね、僕、お父さんに会ってたんだ！」

公太くんは興奮した様子でそれを語り出す。

彼曰く、事故に遭ってすぐに駆け寄ってくれた人がお父さんだったらしい。ダサい髪型も変わらずあの頃のままだったと、とても嬉しそうだった。

「生きてるうちに、会えてたんだ……」

笑顔でそれを語る公太くんの顔は、目元に皺を寄せた彼の笑い方によく似ていた。

「それで、チビ」

薊が空中で胡坐《あぐら》をかく。

「お前の姿は当初の予定どおり、伊藤明仁に見えなかったわけだが」

「チビじゃない！」

大声で言い返した公太くんだったけど、薊の表情を見てぐっと黙り込んだ。

それもそうだ。薊は真剣に、彼の目を見据えていた。子供へ向けてじゃなく、人として対等に向き合うようなそんな面持ちで。

「俺たちは、誰かの思いを伝えるために存在している死神だ。姿が見えなくても、声が聞こえなくても、お前の気持ちを伊藤明仁に伝えることができる」

「…………」

「なあ、チビ。お前は今、誰に何を伝えたい？」

「僕は……」

公太くんが口を開く。その小さな声が、大きな思いが、私たちの鼓膜に穏やかに響いた。

＊＊＊

体調を崩して入退院を繰り返すようになったのは、去年の秋頃。

最近の日課は、毎朝必ず窓を開けて、病室のカーテンが揺らめく光景を眺めることだった。先日は妻と娘が見舞いに来てくれたから、テーブルの花瓶に綺麗な花が生けられている。毎日の生活に、色が増えるのは嬉しいことだった。

するとそのとき、すいっと紙飛行機のようなものが窓の外から部屋へ入り込んだ。まるでここが到着地点だと言わんばかりに、私の手元へ降りてくる。

はっとして腰を上げた。

誰かが間違えて投げたものならば返さなければ。そう思って窓の外を見ても、そこには誰もいない。

おかしいな。この時間帯、外に人っ子ひとりいないというのも不自然だ。散歩をしている人か、朝の準備をしている看護師が歩いていてもいい時間帯なのに。

まるで世界に自分だけしかいないような静けさに、不思議な違和感を覚えた。

しかたない、あとで誰が紙飛行機で遊んでいたか聞いてみよう。病院内の誰かなら、きっとすぐに持ち主がわかるはずだ。

もう一度、ベッドに横になる。そのとき、手元の飛行機に文字が書いてあることに気が付いた。

「手紙……?」

見てはいけないと思うのに、なぜかその手紙が私を呼んでいる気がして、折り目を広げてしまう。

『伊藤明仁さんへ』からはじまっていたその紙飛行機は、紛れもなく私宛ての手紙だった。

伊藤明仁さんへ

こんにちは、突然のお手紙ごめんなさい。
このお手紙はあなたにとってとてもおかしなものかもしれません。
だけどどうか最後まで読んでほしいです。

僕はあなたのことをずっとしっていました。
名前だけだけど。顔もしらなかったけど。ずっとずっとしっていました。
だからある日、あなたへ会いにいこうとしました。
不安もあったけど、すごくドキドキしたことを憶えています。
結局ちゃんとは会えなかったけど、僕はあなたの顔を少し見ることができました。
近くで声をきくことも。それがわかっただけで嬉しかったです。

だけど、会いにいった本当の目的は、
あなたに名前を呼んでもらうことでした。

僕の夢だったんです。
本物のお父さんに自分の名前を呼んでもらうことが。
だからどうか一度だけでも、僕の名前を呼んでほしいです。
ちなみに僕の名前は公太といいます。
覚えていてくれたら嬉しいです。忘れていたら覚えてください。

あと、長生きしてほしいです。こっちの世界は案外つまらないから。

それから言おうか迷ったんだけど、その髪型、とてもダサいです。
もっとかっこいい髪型にしたほうがいいと思います。
それじゃあ、お元気で。

公太より

ベッドから立ち上がって、窓の外を見た。

やっぱり誰もいない。この病室だけ時が止まっているようだ。

「あ……」と声を発したと同時に、涙が落ちた。

信じられない。夢なのではないだろうか。

私の目の前で事故に遭った少年が自分の息子だと知ったのは、元妻から連絡があったときだった。

買い物袋を持って信号待ちをしていたとき、目の前を横切ったトラックが歩道を歩いている少年に向かって突っ込んでいったのが見えた。すごい音がした。耳をつんざくような、ひどく激しい音だった。

懸命に声をかけた。救急車もすぐに呼んだ。だけど間に合わなかった。

事故直後は少しだけ意識があったようで、瞼を薄くぼんやり開いていたあの顔をよく覚えている。今思い出しても、手が震えた。あれが自分と血が繋がった息子だったと知ったとき、言いようのない絶望感に襲われた。

息子は、自分に会いに来たのだ。ひとりで、誰にも言わずに。

自分のせいだと思わずにいられなかった。どうしてという気持ちがいつまでもぬぐわれることがなかった。

ああ、公太、公太、こうた……、怒ってないのか。憎んではいないのか。

まだ言葉すら話せないお前を置いて、離れていってしまった私のことを、恨んではいないのか。

「公太、公太っ、こうた……。こうたあ！」

大人げなく、窓の外に向かって大声で叫んだ。

ここは病院だ。誰かが飛んできて怒られるかもしれない。長い入院生活で、伊藤さんはとうとう頭がおかしくなってしまったんだと言われてしまうかもしれない。

そう思ったが、やっぱりそこには誰もいなかった。まるで私のために用意された空間のように、不自然なほど静かな世界が広がっていた。

公太、もし近くにいるなら、どうかその頭を撫でさせてくれ。

そばにいるなら、どうかその大きくなった身体を抱き締めさせてくれ。

ああ、立派になったなって、父さんに似たなって、一緒に笑い合ってくれ。

父さんもお前に、お前に、ずっと会いたかったんだ。なのに恨まれているかもしれないと、臆病になっていた私をどうか許してほしい。まだ幼いお前を混乱させてしまうかもしれないと恐れて、いつまでも会いに行くことができずにいたんだ。

ごめん、ごめんな。

「公太！　こうたあ！　こうたぁ……っ」

名前なんていくらでも呼ぼう。

ほら、お前がしたかったことをいくらでもしてやろう。

思い出なんて、たくさん作ってやるから、お願いだ。

顔を見せてくれ。

忘れたことなんて一度もない。だから未練がましく手紙を送っていたんだ。

その名前を毎日毎日、寝る前にたくさん呟いていたことをお前は知らないだろう。

妻にバレないように、娘に気付かれないように。

お前を忘れた日なんて一度もないんだ。ないんだよ。

「こうたぁ、こう……っ」

声が続かなかった。

この涙と鼻水に濡れた顔を、手紙に書いていたようにお前は『ダサい』と言って笑うのだろうか。

そんなお前の笑顔は誰に似ているのだろうか。

もしも私に似ているなら、そうならば。

とても、とても嬉しく思えるのだ。

＊　＊　＊

「公太、公太……」

縋るような声が病室中に響いていた。公太くんはその傍らに立ち、

「僕はここだよ、ここにいるんだよ！」

と必死に叫んでいた。

何をしたって届かない。手を握ったって伝わりもしない。

必死な背中に、必死な声。

彼には伝わりもしないのだ。

もう会えないとは、そういうこと。

死んでしまうとは、何も伝えることができないということ。

「お前さ」

病室の隅でぼんやりその光景を眺めていたら、薊に声をかけられた。ゆっくりと、斜め後ろに立つ薊へと顔を向ける。

「何もやり残したことなかったのか」

目が合う。その赤みがかった宝石のような目が、探るようにこちらを見つめていた。

「……あったら、はじめの段階であんたのことボコボコにしてるところよ」

薊の顔がみるみるうちに、不服そうな表情へと変わっていく。

「……そうかよ」

きっと求めていた回答と違ったのだろう。けれど私には薊が本当は何を聞きたかったのかわからなかった。

「それに、その質問をあんたが私にするのは違うと思うんだけど？」

「……確かに」

思わず笑えば薊はやっぱり納得のいっていない顔をして「かわいくねえ」と小さくぼやいていた。

「ねえ、公太くん。もういいの？」

そう聞けば、公太くんは「うん」と満足そうに呟いた。

「お父さんにも名前呼んでもらえたし、思ってたことも言えたし」

伸びをして、宙をくるりと回っている。もうこちらの世界は夕暮れ時だ、本当にあっという間だった。

「でも、お母さんと新しいお父さんと妹さんにも伝えたいことがあるんじゃないの？」

「ああ……んとね、いろいろ考えたんだけど、やっぱまとまりきんなくってさ。だから〝また今度〟でいいや！」

彼ははつらつとした笑顔でそう答えた。また今度なんてないことは、彼だってわかっているだろうに。

「それに僕もう……」

「見栄張ってんじゃねえぞ、チビ」

「うわぁ！」

薊がそう言い、公太くんの身体を俵のように抱えると勢いよく飛び出した。私も慌てててその後ろをついていく。

その勢いはまるでジェット機だ。なんて速さなの。そして、あんたはいつも行動が唐突なんだよ。


私がようやく薊たちに辿り着いた頃、空には星が浮かびはじめていた。薊は公太く
んを抱えたまま、とある家を囲んだ塀の上に立っている。

「お母さん！　洗濯物、靴下だけ忘れてるよー！」

テラス窓からサンダルを足に引っかけた女の子が庭へと飛び出してきた。竿にかか
っていたピンチハンガーから白色の靴下を取り、そのまま家の方へと戻っていく。

「あら、忘れてた。ありがとう」

女の人の声が聞こえた。公太くんの身体がぴくりと反応する。

「お、今日の晩御飯はから揚げか」

男の人の声も聞こえてくる。

「お母さん、から揚げ多いよねぇ」

また女の子の声。それに対して「いいでしょう、好きなんだから」と唇を尖らせて答えている女の人が見えた。

「あ、マユミ。これ、お兄ちゃんの分。持っていってあげて」

「はーい」

間延びした返事をして、女の子が部屋の隅へ走っていった。そこで薊が塀から庭へ向かって降りると、公太くんの身体を離した。

彼の姿は、少し、薄くなっていた。

「でもお母さん、これ入れすぎじゃない？　から揚げのときは特に。お兄ちゃん、太っちゃうよ？」

「いいの。公太は細いくらいだったんだから。もう少しふくよかになってもらわないとね」

公太くんの身体が一歩ずつ、吸い寄せられるように窓へ近付いていく。

「それにから揚げは、お兄ちゃんの大好物なのよ」

「ああ。確かに公太くんはから揚げを持ってくると喜んでたな」

「勝之《かつゆき》、よく公太のために揚げたてを買ってきてたものね」

「そっかぁ、でもマユミは焼いてるほうが好きだなぁ」

家族の声が聞こえる。楽しそうで優しい声が、聞こえる。

公太くんは自分の服を両手で握り締めていた。唇を噛み締めながら、ボロボロと涙を落としていた。

「うっ」と時折聞こえる堪え切れない声が、蝉の声にかき消されていく。

「おい、公太」

薊がその名前を呼び、ぽん、と確かめるように公太くんの頭を撫でた。

「まだ伝えたいこと、あるだろ」

「うんっ、うんっ」

「今回は特別だ。ちゃんと言葉にしろ。でないと」

薊の尻尾がしゅるりと揺らめいた。とても穏やかな動きだった。

「伝わるものも、伝わらねえぞ」

初めての気持ち

その日は、郵便受けに珍しく手紙が入っていた。宛先も不明で、封筒にすら入っていない大雑把な手紙だった。もしかしたら間違いかもしれないと思いはしたけど、私は誘われるようにその手紙を開いた。

私の息子が交通事故でこの世を去ったのは八年前。

元旦那に会いに、隣町まで出かけたときにトラックに轢かれてあっけなく死んでしまった。当時私は妊娠四カ月目で、公太に再婚とその話をしようと思っていた矢先のことだった。

明仁さんと離婚したのは決して大きな原因があったわけじゃない。ただ、お互いに小さな不満を溜め込み、若かった私たちは積み重なる悪循環を解消できなかったのだ。

公太にはたくさんの迷惑をかけた。だから、人一倍愛情を注いで育てようと決めていた。

ときどき届く明仁さんの手紙を公太に見せなかったのは、あの人に新しい家族ができたという報告を受けていたからだった。あの人の話をすればもしかしたら公太は喜んだかもしれない。だけど別の家族ができたと伝えれば傷つけかねないと恐れて何も言えなかった。

今思えば、慎重になりすぎていた。

だから公太の気持ちに、公太がいなくなるまでまったく気付くことができなかったのだ。

母親として失格だと思った。死ぬのは私であるべきだとそう思った。

そんなときに支えてくれたのは、勝之さんやお腹の中にいたマユミだった。今でも公太のことを思い出しては泣き出したくなる。忘れることなんてできない。

けれど、こうして笑って過ごせるようになった。

人とは、結局薄情な生き物なのかもしれない。

お母さんへ

急に驚かせてごめんなさい。

これはイタズラでもなんでもなく、僕のかわりにかいてもらっている手紙です。

僕は今お化けになっているので、怖かったら捨てても大丈夫です。

でも、ちょっと傷つくのでやっぱり読んでほしいです。

あの日、黙ってお父さんのもとへ出かけてしまってごめんなさい。
高橋さんにも、謝っといてください。
それからお兄ちゃんらしいことできなくてごめんなさいって、
マユミにも謝っといてください。

あと、少し恥ずかしいけど、
お母さん。
僕を八年間育ててくれてありがとうございました。

僕は、あんまり言うことききかなかったし、お母さんにしょっちゅう怒られてばっかりいて、いい子とは言えなかったと思うけど、
それでも、僕はお母さんの息子に生まれてよかったです。
お母さんのこと、たぶん、大好きです。
それから夕飯のあと、僕にごはんを供えてくれるのは嬉しいけど、マユミの言うとおり、ちょっと量が多いです。

でもやっぱり、お母さんのから揚げはおいしいから、また作ってくれたら嬉しいです。

はっとして、転がるように家の中へ戻った。サンダルが片方脱ぎ切れていないまま居間へ行き、仏壇の置いてある和室へと走る。

八年越しに、なんてものを送ってくるんだ。あの子は。

たぶん、大好き、じゃないわよ。素直じゃないんだからまったく。

仏壇の前で、膝から崩れるようにその場へしゃがみ込む。かわりに書いてもらったとあるとおり、文字も綺麗で、本人が書いたものではないことは明白だった。けれど、あの子の言葉だという確信があった。

昨夜、供えたままだったから揚げの山が、少し減っているような気がしたから。

ああ、そこにいるの?

公太、公太。

私の、私の愛しい、息子。

「こうたぁ……」

涙が流れた。マユミも勝之さんもいなくてよかった。ああ、よかった。

こんなみっともない涙、誰にも見せられない。

「ごめんなさいっ、ごめんなさい……わたしも、わたしもっ」

笑った顔が明仁さんに似たあなたが。私に似てちょっと抜けたあなたが。

「母さんも、大好きよ……っ」

それから、結婚おめでとう。

新しいお父さんと喧嘩はしないように。

マユミには寂しい思いをさせないでください。


それじゃあ、元気でね。

ばいばい。

公太より

八年間、たった八年間。されど八年間。

あなたのそばで、ずっとあなたの成長を見守ってきたの。

ずっと、私のすべてはあなた中心に回っていただなんて、あなたはきっと知りもしないでしょう。

親の心、子知らずですもの。いつの時代も、変わらず。そういったものだから。

親子関係とはこんなにももどかしくて、そうして姿は見えなくてもあたたかいところで結ばれている気がするの。

どうか伝わってますように。あなたのことがこんなにも大好きで、愛おしくて、私にとって何ものにも代えがたいものであったことが、どうか。どうか。伝わっていますように。

ひとしきり泣いてしまえば、世界が晴れ渡ったような気がした。

ああ、そうだ。今日の夕飯はから揚げにしよう。

お皿にたくさんから揚げを盛って、公太に『こんなにいらないって言っただろ!』とどやされるのも悪くない。

今夜はとびっきりの腕を振るってやろう。みんなが、あっと言うようなから揚げを作って、

「でも、お母さんのから揚げはおいしいからなあ」

呆れ、笑ったような顔で、言わせてやろうと思う。

＊＊＊

気付いた頃には、公太くんの身体はうっすらとしていて、ベールをかけてしまったように輪郭を失っていた。

そして、彼のお母さんが手紙を呼んでいるときには、指先から崩れていくように光の粒となっていた。

全身が形を失ってしまう前、公太くんがにっこりと笑った気がした。

その輝きがとても綺麗で、あたたかくて、まるで真昼の空に星が降っているような幻想的な光景だった。

「姉ちゃん……兄ちゃん」

途切れ途切れに聞こえるその声が、光の中に溶けていく。

「あ……りが……とう」

手を伸ばそうとしたけど、私にはもう体力がなくて、がくっと下に落ちてしまいそうになったのを薊が腕を掴んで支えてくれた。

「さよう、なら」

最後の光が、天に昇る瞬間、最後に聞こえた言葉に私は小さく頷いた。

「さようなら」

透き通るような青に、光の粒がいつまでも降り注いでいた。

そうしてしばらくしてから、風に吹かれていくように、それはゆっくりと空高く飛んでいった。まるで、公太くんが別れ際まで私たちへ感謝を伝えているように。

あたたかな光に照らされた世界の中で、

「あんなに光る徳、見たことねえな」

薊が、そう優しげに呟いた。

あんなに美しく光り輝くものが、人の奥深くに眠っているのだとしたら、私は生前、気付かずにいたことがたくさんあったのかもしれない。

「星が降ってるみたいだね」

綺麗だと、美しいと伝えたかった。でも、薊は目を丸くするとケラケラと笑った。

「お前、ロマンチストかよ」

「うるさいなぁ、いいでしょ別に」

そう思ったんだから、と言えば、薊は息を吐くように笑い終えると、「まあ確かに、星みてえだな」と空を見上げながら尻尾を揺らしていた。

掴まれた腕が、じんわりと熱かった。

だんだんと触れているところから、身体が軽くなっている気がした。なんとなく腕輪を見ればほんのり光っているようだったけど、薊はそれに気付いていないらしかった。

「それにしても、本当に体力ねえよなあお前」

しばらくして、薊はなんの前振りもなしに自分の首にそのまま私の腕を回した。

「え、何……」

そのまま勢いよく背負われる。うまく反応できずにいると、「お前、今眠いだろ?」と薊が続けた。薊の黒髪がそよそよと頬に当たる。触れた背中は、ほんのり冷たい。

「気付いてたの？」

「そりゃな。一気に二通も書けばへろへろになるのは当然だ。特にお前の場合」

「私は蓟みたいな死神じゃないんだから仕方ないでしょ」

話を逸らすように言っても、蓟は変わらず私を背負ったままだ。

「っていうか大丈夫だから、ひとりで飛べるから下ろして！」

「嘘つけ、これっぽっちも動けないくせに」

すいすいと飛んでいく蓟が私の足を抱え直す。

「……悪かったな」

ふいに蓟が呟いた。思わず顔を上げる。

「最後の一枚は俺が書かせたようなもんだ。公太は、父親に向けた手紙だけでも成仏しかけてた。だからそのまま次の浮遊魂の処理に移ってもよかったんだ」

「…………」

「でも、あのまま上に送るのも違う気がした。本当、勝手だけどな」

光の粒が降る中で、蓟が目を細めながら言う。風が心地よかった。

それにしても蓟の言うとおり、本当に眠気がやってくる。ああおかしいな。この身体で眠くなることはないはずなのに。

「あんたって、案外熱い奴なのね」

「その言い方やめろ、気色悪い」

「ふふ、うける」

「笑うな！」

しかたがないので、薊の首に回す手に力を込める。

「私は、あれでよかったと思う。おかげで、真昼の空に星が降る光景を見れたからね」

あんな綺麗な景色、滅多に見れないのだろうから。

「ねえ、薊」

背中が広い。細身だと思っていたけど、しっかりしている。

「私、思ったんだけど。もし、お悔やみされるなら」

転生することなく、このままここに留まり続け、誰かに悪影響を及ぼすくらいなら。

「あんたにされたいな」

どうせ消されてしまうなら、もしも後悔を解いてもらうなら、私の人生を終わらせて、あの世へ落としたあんたに。

私の言葉に薊は一度動きを止め、

「お断りだな」

静かにそう告げた。そして次の瞬間、

「いやぁ、すごい徳の量だね」

「青天目⁉　なんでここに！」

いつからいたのか。眩しそうに徳を見上げる青天目さんが隣にいた。

「あんなに綺麗に光る徳、久しぶりに見たなぁ」

「人の質問に答えろ！」

「危ないなぁ。足癖悪いよ、薊」

薊は私を抱えたまま青天目さんに蹴りを入れようとしていた。すぐに避けられていたけど。

「それにしても雨賀谷さん、大丈夫かい？　帳簿を使うと、体力削られるでしょう」

「あ……は、はい」

どぎまぎとした返事になってしまう。子供のように薊の背中に背負われているから か、無性に恥ずかしい。

そろりと目を合わせたら、青天目さんは私に向かって微笑んでくれる。整った顔なので、正直見ているだけで照れてしまう。

はじめからそうだけど、どうして私なんかにそんな優しげな目をしてくれるのだろうか。薊のように敵視して反発してくれたほうが、まだマシなような気がする。

「……どう？　ここまで、ザンシ課の仕事をしてみて」

「え、と……」

どうって、なんと言えばいいだろう。

光代さんと公太くん。ふたりに会っていろいろなことを考えるようになったけど、すぐに言葉が出てこなかった。

人の心に触れて、思いを伝えて、これまで感じたことのない気持ちが私を少しずつ変えていた。

ただ素直にそれが口から出てこないのは、どこか死にたがりな私が邪魔をしているのだと思う。

「雨賀谷さん」

青天目さんがそんな気持ちを察したように私の名前を呼んだ。

「見てごらん」

頭上を指差し、私に上を見るように促す。

「あれが、君たちの力で還した徳だよ」

空に広がる光の粒に、言葉がまた詰まる。

「一度にあれほどの量は、なかなか見ない。君たちは本当にすごい仕事をしたんだ」

先ほどから黙ったままの薊も、ゆっくりと空を見上げていた。

「君たちには、あれが何年分の徳に見える？」

「何年分……？」

「約六年分だよ」

「六年も!?」

驚いた私に、青天目さんはくすくすと上品に笑って、「言ったでしょう?」と続けた。

「徳には〝質〟があると」

『――君たちが今日から互いを高め合いながら、質のいい徳をより多く得られるよう祈っているからね』

そういえば出会ったとき、青天目さんはそんなことを言っていた。

「徳の多さは浮遊魂の数じゃない。〝質〟の良し悪しによって決まるんだよ」

青天目さんが指をパチンと鳴らす。途端、ふわふわと浮くだけだった光の粒が空を大きく旋回しはじめた。日が沈み、薄暗い水色に染まった空に、まるで流星群のように光の束が線を引きながらぐるぐると回る。

こんな幻想的な光景は、生きていて、いや〝生きていた〟頃さえ見たことがない。

「ふたりともいい仕事をしたね」

「……あの、チビ」

薊もまた満天に輝くその光の粒をただひたすらに眺め、小さく呟いた。

「たった一件、されど一件。ほんの小さな出来事が、ときには大きな幸運をもたらすこともある。徳を集めるうえで一番大事なことは、人の心に寄り添うことだからね」

人の心に寄り添うこと……そんなこと、私には絶対できないし、しようとも思わない。なんて、生きていた頃の自分ならきっと思っていただろう。

「徳は、ひとりの思いで一年から二年分の価値があると言われているけど、質で何年分も変わるから。今回は本当に、ずいぶん健闘したよ」

なんだか胸に込み上がってくるものがある。

「それから、この前の一件も合わせれば、約十年分」

「十年……ってことは、光代さんの分も……」

驚きで目を見張れば、青天目さんは優しい眼差しで微笑む。そして、

「やっぱり、僕の目に狂いはなかった」

小さく、聞こえないほどの声で呟いた。

「え?」

「君たちはこの短期間で、とてもいい働きをしたみたいだ」

青天目さんが別段明るい声で、私の声をかき消す。

瞬間、追い風が吹いた。背中を押してくれる、一歩を踏み出そうと促してくれる風が。

「雨賀谷さん」

あたたかな風が、私の髪をゆるやかになびかせる。

「残り、五十年分」

なんだろう。この感覚は。

「薊とふたりで、頑張ってくれるかい」

もう私は死んでいるのに、生きている頃だって感じなかったのに、言いようのない高揚感が、胸の奥からふつふつと湧き上がる。これは、もしかしたら言いすぎなのかもしれないけど、なんだか自分が必要とされているように感じた。

ああ、どうしよう。

こんな気持ち、生まれて初めてだった。

きらめく世界

光代さんと公太くんの徳を回収してから、私は脱力感に襲われていた。

「ふんっ」

気合いを入れてもせいぜい三センチほどしか進まなくて、薊が「ふざけてんのか」と、怒るよりも呆れていた。あれからずいぶん休んだと思っていたのに、ザンシ課で消費した力はそう簡単に元に戻らないようだった。

「ふ、ふざけてなんか……」

はあはあと息も絶え絶えに返事をすると「あ」と薊が何かを思い出したように口を開く。

「え、何？」

「いや……」

薊はばつが悪そうに口元を押さえ、目を逸らした。明らかに気まずそうな顔をしている。

「ちょっと、何を言おうと」

したの。という言葉が続く予定だった。だけどそのとき、がくりと私の身体が崩れるように下降した。

「あっ、おい！」

薊が声を上げ、急いで私の腕を掴む。

「びっくりした……」

思うように浮遊ができない。口は動くのに身体が全然言うことをきかなかった。

「ごめん、薊。私、本当に動けない」

困惑しながら薊を見上げる。薊もまた少し複雑そうに、「あー」と声を発し、舌打ちをした。

「しかたねえ」

「うわ！」

「黙ってたわけじゃない。さっき思い出したんだから、勘違いするなよ」

「え、何が？」

というか、なんだ。やけに薊との距離が近い。腕を引っ張られたと思ったら、そのまま左手で腰を抱き寄せられた。

「何事！　セクハラか！　いったい何⁉」

「うるせえ！　俺の力を今から移してやるんだから黙ってろ」

「はぁ？」

わけがわからない、なんで私が怒られてんの？　というか、薊の顔があまりに近いからいやでも動揺してしまう。

なんで手を繋がれているんだ、こういうのは慣れていないんだけど。

妙な焦りで顔がへんに歪んだ。こうして近付いてみると、それなりに身長差がある。手も骨張っていて、薊はやはり男性なのだと思った瞬間、恥ずかしさで少し顔が熱くなった。

対して薊は特に気にしている様子もなく、私の手を握りながら力を強めたりゆるめたりしている。

「いったか？」

「な、何が？」

「おかしい……。〝接触〟でいけるはずなんだけどな」

独り言のように呟く薊は私の問いにはまったく答えない。だんだん恥ずかしさよりも怒りのほうが湧き上がってくる。こいつはまるでデリカシーがない。

「だから何のはな……」

し。と、言おうとして頭を上げようとした瞬間、薊の顎に頭をぶつけた。ゴンッとなかなかに鈍く、痛快な音が鳴る。

「あだっ」

「ぐっ！」

じんと染みるような痛さが頭に広がる。死んでもなお痛みがあるのがつらい。

「いきなり何すんだ！」

「ごめん、わざとじゃない……」

そのとき火が灯るように腕輪が淡く光り、薊に繋がれた手から水が注がれるように力が満ちていく感覚に襲われた。

え、なんだこの感覚。

薊も似た感覚、もしくは私が感じているものとは〝逆〟の感覚があるのか、少し驚いた顔をしていた。

「なんかきた……」

まるでへろへろの身体でご飯を食べたような、眠気覚ましに栄養ドリンクを飲んだような。力がぐんぐんとみなぎっていくような感じがした。

「そうか、肌の接触だけじゃだめなのか」

薊が言い、私の手を振り払うように離すと「〝心の〟接触……」と感覚を確かめるように手を握ったり開いたりを繰り返していた。

「感情が同じ状態じゃないと力の行き来ができないんだ」

「よくわかってないいんだけど、私あんたから力をもらうとき、いちいち頭突きをしなきゃいけないの？」

「なんで頭突き限定なんだよ！〝痛い〟っていう感情が一緒だったんだ。つまりそれに似たものならなんでもいいんだろ」

けっ、とまるで菌でも落とすかのように手をぱんぱんと払うと、薊はすいっと先を行く。

「ほら行くぞ」

「どこに？」

「体力が戻ったんだから、次の浮遊魂のところに決まってんだろ」

「そっか、うん。そうだね」

「なんだ、やけに素直だな」

頷いた私に、薊が意外そうな顔をして首を傾げた。

「別に。ちょっとこの仕事が楽しくなってきただけ」

「ふーん。死にたがりがよく言うようになったな」

あ、また死にたがり。

「ねえ、その死にたがりって、こっちじゃどういう意味になるの？」

「……自殺志願者みたいなもんだよ」

薊の答えに、私は動きを止める。

自殺志願者。

その言葉が心の奥で引っかかって反応に遅れてしまった。命の大切さがだんだんとわかってきた今なら、むやみにその話題に触れていい気がしない。

薊はそれに気付いているのか気付いていないのか、

「わかったら行くぞ」

目を合わせず、そのまま先へ行ってしまった。

大人しく薊のあとをついて飛んでると、ある建物の前に差しかかった。その建物を見てはっとする。すっかり動きを止めた私に薊が振り返って眉根を寄せた。

「どうした」

「……いや、なんでもない」

ここは、私の通っていた高校だ。

まさか、ここに浮遊魂が？

そう思ったと同時に、校舎の上を小さな光が浮遊しているのが見えた。

「はぁ、どうしようどうしよう～」

高くて細い声が聞こえる。目を凝らすと、光の中で髪の毛をふわふわと揺らしながら、ひとりの女の子が校舎の上を回っているのが見えた。

「女の子だ……」

私の呟きに何を言うわけでもなく、薊がその子の元へ向かう。

「遠山芽衣美《とおやまめいみ》さんでしょうか？」

「え？」

薊が声をかけると、彼女は動きを止めきょとんとこちらを見た。そして薊と私の顔を交互に見つめたあと、なぜか声をかけた薊ではなく、私の方へものすごい勢いで迫ってくる。

「あなたっ！」

「ひっ……！」

あまりの勢いに驚いて、薊の腕を掴む。鬱陶しそうな顔をした薊に、私は「あっごめん」と慌てて手を離した。

「この学校の人!?」

「え？　あ、ええと……」

そうだ、私、制服を着ているんだ。しまったと校章を隠すもすでに遅い。

「この学校の人よね!?　ね!?」

彼女の勢いに圧倒されたまま「まあ……」と答えてしまう。

「お願い！　私の告白を手伝って！」

「はあ……って、え？　告白？」

さらに気圧され、思わず頷いてしまった、けど……告白？

すると、待ってましたと言わんばかりに、薊が後ろから「遠山さん」と彼女の名前を呼んだ。

「その告白っていうのは、どういったものですか？」

「実は私、ここの生徒だったんだけど……」

薊に聞かれてすぐ、彼女は頬に手を当てて話し出す。

「病気がちで頻繁に学校を休んでいたせいか、友達もなかなかできなくていつもひとりで過ごしていたの。そんなとき、ひとつ上の男の先輩で声をかけてくれた人がいて……その人と話しているうちに彼のことを好きになってしまって」

彼女の表情はうっとりとしている。

「だけど……」

そして、とても楽しげで、けれどどこか切なげで。

「私の病気がその頃から重くなって、長期入院をすることになったの。でもその前にどうしても先輩に告白をしたくて夏祭りに誘ったのよ。あのときは嬉しかったなぁ、死んだからわかるんだけど、あれが私の人生のピークだった」

ふふふと幸せそうに笑う彼女に、身体がざわざわとした。

心の奥が、ぐっと苦しくなる。どうしてそんな風に笑えるんだろう。

「夏祭りの当日、私は約束の場所に行けなかった。そこに辿り着く前に倒れ込んで、病院に運ばれて、そのまま……」

この感覚は、死んでから、いや浮遊魂と触れ合うたびに感じていた。

「死んでしまったのよ、私」

この人たちがこうなった経緯を聞くたび、理由を知るたび、胸の奥がざわつくんだ。哀れんでいるとか悲しんでいるとかじゃない。これはいったいどういう気持ちなのか、今までは見当もつかなかった。

けど、彼女の話を聞いて今少しわかった気がする。

「あとちょっとだけ、頑張ってくれればよかったのにね」

ふふ、と笑う彼女の睫毛がきらきらと光って見える。

『せいぜい〝気〟に引っ張られないようにしろよ』

薊がうつし世へ来る前にそんなことを言っていた。こういうことだったのか。生きていたかった、伝えたかった、そんな気持ちからくるエネルギーが気となってしまうんだ。

そして、まさに私は気に引っ張られ、心を、感情を、揺さぶられている。

それがいいことなのか悪いことなのか私にはまだ判断できない。

けれど、これだけはわかる。私はどこか彼らに、うしろめたさを感じているのだ。

別に死んだっていいやと、幾度となく思っていたことに。

毎日を、ゴミ箱に捨てているような生き方をしてしまったことに。

「わかってる。早く上に行かなきゃって、体中が叫んでる。でも、どうしても、あの人に伝えたいことがあるの」

彼女はそこまで言い終えると、「だからお願い、協力して！」とかわいらしく手を合わせた。

「……もちろん、です」

少し遅れて頷いた。

ああ、私は彼女に対してちゃんと笑えているだろうか。

「その、あなたの先輩って、ここに通っていたんですか？」

表情をごまかすように訊ねれば、彼女は「ええ」と笑った。

「私はここの高校二年生だったの。彼が三年生」

ということは、彼は私と同じ年ということだ。

「その人の名前って……」

「前嶋祐司《まえしまゆうじ》っていうの」

「まえしま？」

そんな名前の人いたっけ……？

首を傾げながら記憶を探っていると、薊が「すみません遠山さん」と声をかけた。

「それ、何年前の話ですか？」

「何年？　えっと、確か、十五年かしら」

「じゅうごねん!?」

そんなに前となると、わかるわけがない。ああ、でも助かった。おかげでこの学校での余計な散策はしなくてよさそうだ。

「相手は今、大人ってことか……」

「あ、そうか！」

私の呟きに、盲点でした、と言わんばかりに彼女が手のひらを合わせた。

「だからこの学校で、先輩を見かけなかったんですね」

それもそうだと言いたかったが、彼女の気持ちはわからなくもなかった。自分が死んでいると、当たり前のことがわからなくなるときがある。

意識がぼんやりしてしまうというか、記憶の輪郭が薄ぼけていく感覚がある。きっとそうやって、私は私でなくなるのだろうと思った。

〝雨賀谷春子〟としての命が終わるとは、そういうことなのだと。

「おい」

肘で小突かれて、薊を見る。

「ここは、お前に任せる」

「なんで？」

「俺は前嶋祐司の生涯経歴がないか上で調べてくる」

「え、嘘」

「嘘なんかつくと思うか？」

「だって、なんだかんだでいつも薊が浮遊魂の話を聞いていたから不安というか。しかも私、ああいう全力で恋をしてますって感じの女の子と話したことがないし、正直苦手というか」

思ったままを口にすれば、薊は呆れたように「知るか」と呟き、そのまま宙に飛ぶ。

「私が近くにいないと力が制限されるよ！　あっほら、飛ぶのも遅くなるし」

「もう慣れた。お前はお前の仕事を全うしろ、いいか？　他人をお前の主観で判断するな。好きか嫌いかはちゃんと触れてから決めろ。わかったな」

薊は素っ気なくそう告げると、そのまま上に向かって飛んでいった。確かに正論だけど、言うだけ言っていなくなるのはどうかと思う。

「勘弁して……」

「どうかしたの？」

すぐ隣で声がして、びくっと身体を揺らす。にこにこと首を傾げている彼女にもちろん落ち度はない。ただ、人付き合いがあまり得意ではない私がいけないんだ。

「ええと……」

言葉を探す。そうだ、薊に言われたとおり、ザンシ課の仕事を全うしなければ。

「あの、前嶋祐司さんってどんな人なんですか？」

「どんな？　そうねぇ……」

そう問えば、彼女はうーんと顎先に手を添えながら、空を見上げる。

「例えば、何かを目指してたとか」

記憶の道を辿るように彼女は目を閉じた。長い睫毛が下りると、人形のようにぱちくりとしていた目が薄い瞼の下に埋まった。

「教師になるのが夢だと言っていたわ」

「教師……」

「何かを教えるのがとても上手な人だったから、教師はとても向いていると思うの！」

遠山さんがぐいっと身体を私の方に寄せてくる。その勢いに思わず身体が仰《の》け反《ぞ》った。

「それにとっても格好よかったから、生徒たちの憧れの的になっているわきっと!!」

「そうですか……」

「ああでも先輩が人気になっていることはとても嬉しいけれど、嫉妬を隠せないジレンマが……！」

矢継ぎ早に話す遠山さんは、とっても幸せそうだ。恋をするって、そんなに素敵なことなんだろうか。正直面倒そうで憧れない。

いや、嘘。少しだけ羨ましい。

生きていた頃はひとりに慣れようと必死で、誰かを思う余裕なんてなかったから。

私も、誰かに何かを伝えたくなる瞬間がくるのだろうか。

死んでからこんなこと考えるのはおかしいけど、彼女のように、誰かを思って世界が輝く瞬間を、私も少し見てみたい気もした。

恋する星屑

帰ってきてすぐ、薊は「前嶋祐司の居場所、わかったぞ」と私たちに声をかけた。

「本当ですか!?」と、遠山さんはとっても嬉しそうに反応する。

「前嶋祐司は小学校の教師をしているみたいだ」

「やっぱり！」

その情報に、彼女の顔が花が咲いたようにこれまで以上に明るくなる。つられて笑ってしまいそうになりつつ、少しだけ不安なことがあった。

光代さんのときも公太くんのときも、家族に対しての思いを綴ってきた。でも今回はそうではない。もしも言葉を綴ったとして、時間がこれだけ経ってしまった今、果たして彼女の思いは受け入れてもらえるのだろうか。

「先輩、元気にしているかしら」

子供のようにくるくると回っている彼女に、私は不安をぬぐえないまま目的地へ向かった。

「ほら、あそこだ」

そう言って、薊が指を差した先には住宅に囲まれた小学校があった。

もともといた場所から、そんなに遠くないところだったのは救いだ。飛び方に慣れてきたとは言え、距離があるとやっぱり体力を削る。

「わあ、すごい！　先輩こんなところで働いてるんだ！」

はしゃぐ遠山さんを横目に、隣にいた薊へ「ね」と声をかける。

「十五年って、どう思う？　あのさ、あんまり考えたくないんだけど……」

言い淀む私の気持ちを察したのか、薊は静かに口を開いた。

「人間の月日なんてあっという間だ。あの頃と一緒というわけにはいかないだろ」

「じゃあ、その先輩はもう」

「あーっ!!」

私の声をかき消し、遠山さんが大きな声を上げた。

「先輩だ」

勢いよく校舎へ向かって飛んでいく彼女に、「ちょっと」と手を伸ばしかけたが間に合わず。慌てて遠山さんを追うと、窓に貼り付くように教室を覗き込む彼女の姿があった。

「ほら見て」

彼女は窓の中を覗き込んだまま視線すら動かそうとしない。

その教室の壁面には書道やイラスト、小学校らしい掲示物が貼られている。まだまだ幼さを残した生徒たちがじっと黒板を見つめ、ノートに一生懸命書き写していた。先生が何かを問いかければ、やんちゃそうな子が手を上げ大きな声で答える。合っていれば得意げな顔をするし、間違っていればふざけてみんなを笑わせている。

ああいう感じの子、クラスにひとりはいるんだよなあ。そんなことをぼんやり思いながら、教室中を引き続き見回した。

「間違いない……先輩だ……」

「わかるんですか？」

「もちろん！」

自信満々に答える遠山さんは、教卓の前に立つ中肉中背の男の先生を、うっとりと見つめていた。

「自分が一度でも愛した人は、どんな姿になってもわかるものなの」

「そういうものなんですか」

「そういうものなの」

じっとその様子を見つめる彼女に、私は今一度「そういうもの、なのか」と呟いた。

そんな私の隣に、「遠山芽衣美さん」と薊がやってくる。

「あんたの言葉をそいつが綴るから、思いの丈、全部教えてほしい」

さり気なく〝そいつ〟と言われるが、しかたない。文字綴りは私の担当だし……ただ、もう少し言い方ってものがあるだろうに。

「自分の気持ちを素直に人に伝えるのは勇気がいることかもしれないけど、やらぬ後悔は尾を引くもんだ。気持ちは抱え込めば抱え込むほど、そのうち、押し潰される」

薊の言葉に、遠山さんの目が円を描くようにきらめく。

そして、「……そうですよね」とゆっくり頷いた。

「私、全部、全部伝えたいと思います」

「ああ、そうしろ」

遠山さんの宝石のようにキラキラ輝いた目線の先で、薊はどこか安心したように微笑んでいた。

いつも思っていたけど、薊はなんだかんだ浮遊魂と真っ直ぐ向き合っている。そんなところが、どこか憎みきれない。口も悪いし、いつも言い合いをしてしまうし、もしも生きている頃に出会っていたら絶対に関わることもなかっただろうし、ましてやふたりで仕事をするなんて……きっと一生なかったはずだ。

「なんだよ」

「いや、なんでもない」

薊と目が合い、慌てて顔を逸らす。思わず顔を見すぎてしまった。どこかぎこちない私に、薊は首を傾げ、そうして「変な奴」と小さく呟いていた。

「告白の内容なんだけど……実は生きていた頃から決めてあるの」

誰もいない理科室の椅子に座り、遠山さんは両指を重ね合わせながらそう呟いた。

「どういった内容なんですか？」

私は今、遠山さんとふたりで話している。薊は、

『俺は用事がある。うまく気持ちを聞き出して、書き留めろよ』

なんて勝手なことを言って、どこかに行ってしまった。用事ってなんだよ。

訊ねても濁されるだけだったけど、まさかサボってるんじゃなかろうか。

「決めたとはいえ、やっぱり人に言うのは恥ずかしいね」

わざとらしくもったいつける遠山さんに、どう返事をすべきか迷ってしまう。やっぱり私は、この人と相容れる気がしない。

「遠山さんって、出会ったときから思ってたんですけど……その、テンション、高いですね」

いや、間違えた。明るいですね、って言いたかったのに。少し嫌味っぽく聞こえたかもしれない。同世代の子と話すのって難しい、特に女の子は。

「テンションだって高くなるわよ！　だって私、こうやって同世代の子たちと話すの

久しぶりだもの。もともと友達が少なくて人との会話も正直苦手だし、こういうの、あまり経験がしたことなかったの」

「え、遠山さんが？」

「そうよ。だからあなたとお話できることが嬉しいの」

彼女は目を逸らすことなく私を見つめ、白い頬をふんわりと上げる。

こんなにも素直に気持ちを表現している人が、人付き合いを苦手としているなんて、とても信じられなかった。けれど、そこで薊の言葉を思い出す。

『いいか？　他人をお前の主観で判断するな。好きか嫌いかはちゃんと触れてから決めろ』

ちゃんと関わろうともせずに決めつけてしまうから、私は誰ともうまく付き合えなかったんだ。こうして、その人の本質に触れたら、また印象が変わるかもしれないのに。

くだらないなんて思って、人との関わりを避けて可能性を狭めてはもったいなかった。

……薊の言葉で考えさせられたのは、少し不服だけど。それでも、私の中で少し世界が広がった気がした。

「私も……」

　勇気を出してみてもいいかもしれない。

「私も、あまり友達はいなかったです」

「え？　そうなんだ、意外だね」

　遠山さんがきょとんとする。

「意外？」

「ほら、だってあなたこう、どこか聞き上手って感じがするから。そういう人って、周りに重宝されるでしょう？　だから意外だと思ったの」

「……そんなことないです。初めて言われました」

「あら、そうなの？」

「それに、たぶん聞き上手じゃなくて自分の意見がないだけだと思います」

　言いながら少し情けなくなる。もともと、諦めが先行してしまう性格だからなおさらだ。

「私、自分の気持ちとかよくわからないし、流されることが多いから」

「でもそれってもったいなくない？　あなたの時間はあなたにしか使えないのに、自分の気持ちがわからないからって相手に合わせるのはもったいないわよ」

「もったいない？」

「だって時間は有限よ？　大切に使わないとね」

にっこりと微笑まれて、私は何も言えなくなってしまった。死んでしまった遠山さんだからこそ、言えることだ。

時間は有限、それは生きていくうえで誰にでも当てはまること。

わかっていても、わかっていない。

私たちはのうのうと時間をドブに捨てていく日々を過ごして、そうしてその瞬間の輝きに、失って初めて気付いていく。

――君は〝死にたがり〟なんだね、珍しい。

珍しいと言われた意味が、今なら少し、わかる気がした。薊が私に対して、どこか当たりが強かった理由も同じことなのだろう。死神たちは後悔したまま死んだ人をたくさん見ているから。

そうだ、私は私の人生を、少し後悔しているんだ。

こっちに来て、いろんな気持ちに触れて、人の繋がりを見てきて、私は死んでしまったことを惜しいと感じているんだ。

それがたまらなく恥ずかしい。

「どうかした？」

「あ、いや……なんでもないです」

慌てて首を振る。そんな私をじっと見つめて、遠山さんは「ねえ」と頬杖をついた。

「あなた、好きな人とかいないの？」

「え、なんですかいきなり」

「別にいきなりじゃないわ！　今から私の好きな人に手紙を書くんだもの。聞いておきたいって思うじゃない？」

ああ、やっぱり私この人苦手かもしれない。だいたい、好きな人どころか……、

「人と関わるのがあまり好きじゃなかったし……」

「え？　あなた、人を好きになったことないの？」

あ、と思った頃には遅かった。

「もったいない！　もったいないわ！　人生損してる！　絶対してる!!」

「損って……」

「そうよ。あ、ねえ、彼とかどう？　とっても気が利きそうだし、好きになったら幸せになれそうよ」

「彼って？」

ぽかんとしながらそう言うと、遠山さんはふふっと笑って目を細めた。

「薊さん？　だっけ？」

「なっ、変なこと言わないでください！」

「だめなの？　せっかくお似合いに見えるのに」

「見えません！」

妙なことを言わないでほしい。気が利きそう？　好きになったら幸せになれそう？

薊は気が利くどころか、女の子に対してデリカシーが全然ないし。好きになったら幸せどころか、ストレスしか溜まらなそうな気がする。

「だいたい、あいつはそういうんじゃなくて。なんていうか、パートナーみたいなものでで……しかたなく一緒に行動してるだけで」

「それってもう夫婦みたいなものじゃない」

「どうしてそうなるんですか！」

「だってパートナーってそういうことじゃないの？」

「じゃない！」

はっきり否定すると、彼女は「なんだか必死ねえ」と頬を押さえていた。

「それに私は薊のこともまだ全然知らないし」

今も用事だって言ってたけど、それが何なのかわからないし。まだまだお互いに隠していることが多い気がする。

「あら、別に相手を好きになるのに、知ってる知らないは関係ないわよ」

「え……」

「相手のことを知るのは、恋に落ちてしまってからでもいいじゃない」

思わず彼女の顔を見つめる。彼女はどこか遠くを見るように視線を外したあと、ゆっくりと睫毛を伏せていた。

一瞬、言葉に迷いながらも、私は切り替えるように口を開いた。

「ほら！　もう無駄話は止めて、書きますよ」

「え、やだやだ待って！　終わらさないで！　まだ話していたい！」

だんだんだん、と机を叩くのでガタガタと揺れる。魂でも物にはさわれるから、この机の揺れは、ポルターガイスト現象に見えてるのかな。……考えて少しぞわっとした。

「じゃあ、逆に聞きますけど人を好きになるってそんなにいいことなんですか？」

まったく、私は何を聞いているんだか。呆れつつ、半ば投げやりになりながら口を開いていた。

「いいに決まってる!!　いいことづくしよ!!」

遠山さんは勢いよく椅子から立ち上がり、前のめりの姿勢で私の眼前まで顔を近付けてきた。

「まずね、世界がきらめくの！　見るものすべてがね」

「は？」

「ぶわってね！　自分の世界が広がったと思ったら、きらきらして見えるのよ！」

何を言ってるんですか、と突っ込もうと思ったけれど、彼女の勢いに圧倒されて何も言えなかった。恋する乙女は本当にすごいなとあらためて感じる。

「それから生きてることが楽しくなるわ！　明日が待ち遠しくなるの!!　相手の言葉や行動で一喜一憂して、ちょっと疲れちゃうけど、その瞬間はいっぱいいっぱいで、ああ、人生ってうまくいかないな、なんて思うんだけど、でも、それが生きてるって気持ちになるの。明日を、また明日を生きようって、頑張ろうって思えてくるの」

たくさんの星屑をその瞳の中に埋め込んでいるんじゃないかってくらい、彼女の目はきらめいて見えた。

この人には、世界がどう見えているのだろう。ほんの少し、覗いてみたくなる。

「だから私、先輩に伝えたいの。私の人生、先輩のおかげでこんなに実りのあるものになったって。こんなに、胸一杯の人生になったんだって」

途端、はらはら、と。彼女の目から星屑が零れ落ちた。

「あ、ごめんね。なんだか興奮しちゃった……」

私は、いったい何を勘違いしていたのだろう。

「やっぱり、あなたは聞き上手なのね」

彼女がいつ、〝愛の告白〟をすると言ったのだろうか。最初からずっと、十五年という月日を気にしていなかったのは、そういうことだったんだ。

ありがとう、と。ただ、伝えたいだけなんだ。

「……書きますよ」

「ええ、お願いします」

静かに筆を握る。

頷く彼女の声は涙に濡れて、少しだけ震えていた。

もしも生きていたのなら

小さな頃から身体が弱くて、外で遊んだ記憶もほとんどない。身体に何かあればすぐに病院に行き、少し体調を崩せばそのたびに入院していた。

中学に入った頃は人との距離感が掴めなくて、人間関係にとても悩んだ。仲がいいと言える友達もいなくて、教室ではいつもひとりぼっちだった。

周りの子たちが羨ましくて、でもその羨ましいって気持ちが恥ずかしくて隠したくて私はひとりでも平気って顔をいつもしていた。

高校に上がってからもそれは変わらず、生きているけどずっと死んでいるような毎日を送っていた。

同世代の子たちの世界はキラキラ輝いているように見えたのに、どうして私の世界はこんなにも色褪せていてつまらないんだろうっていつも思っていた。

なんで私だけって、毎日が退屈だった。退屈でつまらなくて、いつ死んでもいいやって思っていたそんなときに、あの人に出会ったの。

『溜息吐くと、幸せが逃げてくって知ってる？』

もう桜が散り始めていた頃。甘いものを控えるように言われていた私が、中庭で隠れるように菓子パンを食べていたときだった。急に話しかけられて、思いっきりむせてしまった。

『わっ、ごめん！　大丈夫？』

慌てたその人が、持っていたペットボトルを渡してくれた。私はせき込みながらそれを受け取る。

『それ開けてないから、よかったら……』

ノンフレームの眼鏡の奥、二重瞼の目が心配そうにこちらを見ていた。

『ごめんね、驚かせたね』

『幸せが逃げてくって？』

『あれ、聞いたことない？』

彼は恥ずかしそうな顔をしながら『小学校のときの先生が口癖のように言ってたから、てっきりみんな知ってると思ったんだけど。花火が好きな先生でさ……』と頭をかいている。初対面なのに変な人。

『聞いたことないです。それに溜息ひとつで逃げるなんて……幸せがそんなに軽いものなわけないじゃないですか』

幸せなんて、手に入れることさえ難しいものなんだから。

『そうかなぁ。幸せって、けっこう軽いものだと思うんだけど』

『え?』

『ほら。軽いからこそ、些細なことでも幸せに感じるだろうし、軽いからこそ、溜息ひとつでぽろっと零しちゃうものなんじゃないかな』

第一印象は、変な人。

初対面で幸せについて語ってくるような人だ、そうとしか感じられなかった。だけど、

『きっと君にも、わかるときがくると思うよ』

出会ったときから、ずっと優しい目をする人だった。

これはあとから聞いた話だけど、先輩はいつもひとりきりでお昼を食べている私のことをなんとなく気にかけていたらしい。急に話しかけても怪しまれるかもってずっと考えていて、結局話しかけるきっかけがとんちんかんなものになってしまった、と白状していた。

よく話すようになってからも、私と先輩の距離は曖昧なものだった。

近いわけでもなく、遠いわけでもない。いつでも手を伸ばしたら届きそうな距離が、先輩との距離。

——芽衣美ちゃん。

そして先輩にそう名前で呼ばれるようになってからは、もう元気よく学校に通える

身体ではなくなっていた。入退院を繰り返し、梅雨頃には長期入院も決定して、学校も休学することになった。

《身体、大丈夫？　やっぱり明日のお祭りは……》

『ううん、平気！　だってずっと行きたかった夏祭りよ？　先輩と一緒に行きたい』

病室のベッドの上で、小さな声で電話をする。電話越しに聞こえる先輩の声はとても安心した。

そういえば先輩は教師になるって言っていたけど、こんな風に優しい声で勉強を教えてくれる先生がいるなら、成績がどんどん上がりそう。

そう思うだけで嬉しくなった。それでいて、その未来の子供たちが羨ましかった。

先生、と先輩が呼ばれる日がくるなら。

彼は子供たちにどんな顔で呼ばれるんだろう。

それに答えるこの人は、いったいどんな顔をして笑っているのだろう。

できることなら見たかった。近くで、隣で、ずっと。

『それじゃあ神社の、境内の……うん。そこで十九時に待ち合わせね』

だけどそれは叶わないってわかってた。私の時間は限られてるって。それでも伝えたかった。

先輩の言うとおり、幸せって軽かったよって。

わたあめみたいにふわふわで、石ころみたいに身近にあって、かき集めるとまるで自分まで軽やかな気持ちになる。

逃げていくというよりは、飛んでいってしまうような。だからその分しっかり握ってないと、いつの間にかぽろぽろ落としていて、やがてすっからかんになって初めて気付くんだ。

私が持っていたあれは、幸せだったんだって。

石ころのように思えたあの瞬間が、宝石のようにきらめいていた日々だったんだって。

先輩のおかげで、気付けたの。

それから病院を抜け出し、公園の鏡で化粧をした。少しでもかわいく見られたくて、元気に見せたくて、リップもチークも厚めに塗った。

道行く女の子たちとすれ違う。浴衣を着た彼女たちが羨ましかった。

それでも私なりに、頑張ってお洒落をした。

先輩にかわいいって、言ってほしい。

気温が高いのか、息が上がる。なのに肌は血の気を引いたように青ざめて、手先が冷えた。じわじわと視界がかすんでくる。

ああ、先輩が待ってるのに。行かなきゃいけないのに。

寄りかかっていた塀に沿って、ずるずると身体が崩れ落ちる。

あとちょっとなの、せめて今日だけでも。

先輩に、気持ちを伝えたいの、だから。

遠くなる意識の中で、花火の音だけが力強く夜空に響いた。

＊＊＊

手紙は書けた。準備は万端だ。

「で、どうやって渡すかなんだけど」

「渡すも何も、適当に届ければいいだろ」

私の言葉に薊が続ける。この男、最後の最後で適当なのをどうにかしたほうがいい。

私のことを誤って殺してしまったミスというか詰めの甘さも、絶対に反省してない。

「あの、私から提案なんですけど！　今日ってこの辺で夏祭りありますよね？　さっき生徒の子たちが話してて……だからそのとき、花火が上がったと同時に、こう空からひらひらひら～って落ちる感じで届けられませんか!?」

「ロマンチストかよ」

「恋する乙女はいつの日もロマンチストなんです！」

呆れたように言う薊にべーっと舌を出し、遠山さんはスカートの裾を広げるようにくるくる回っていた。

「そっか。今日って、夏祭りなんだ」

にこにこと笑っている彼女から視線を外し、ふいに下を見たら教職員入口から男の人が出てきているところだった。

「あっ」と思わず声を零せば、私に遅れて薊も遠山さんもそちらを向いた。

「先輩！」

彼女が声を張る。けれどこちらに気付くことなく、その人は駐車場へと向かっていく。

「先輩！」

彼女がもう一度声を上げた。途中まで追いかけるも、彼はそのまま車に乗っていってしまった。

「彼、夏祭り来てくれるかな」

「来るわ！　生徒に行くって話してたもの」

彼女は自信たっぷりに頷いていた。

「絶対今度こそ……」

遠山さんのその呟きは、夏の空気に弾けて消えた。

「ねえ！」

溜息を吐く私の腕を引き、遠山さんは「見て！　あそこ」と嬉々として指を差していた。夜になって、お祭りの会場は人で賑わいはじめている。

「やっぱり来たわ！」

「……あ」

彼女が見ている先には、あの男の人がいた。学校にいたときよりも、ラフな格好で。

そしてその手の先には……。

もうすでにわかっていたかのように。優しげな顔で、彼女は微笑む。

「かわいい子ねぇ」

十五年の月日は、短いようでとても長いもの。

「先輩によく似てる」

男の人の手を、小さな女の子が繋いでいた。彼女の言うとおり、肌の白さや顔の作りが男の人にそっくりな女の子だった。

「待って、あなた」

その後ろを、女の人がついて歩いている。

ああ、ほら。だから、わかっていたのに。

あの左手に、薬指に、光る指輪の存在にずっと気付いていたのに。

遠山さんをちらりと見やる。

「家族って、素敵ね」

彼女はそれをどんな思いで言ったのだろう。

「あの……遠山さん」

「芽衣美って呼んで？」

遮るように言われる。唐突に言われた言葉に、私は「え」と固まってしまった。

「せっかくだから、あなたには名前で呼んでほしいの」

笑っているけど、彼女は少し悲しそうだった。

「それにしても、羨ましいなぁ……」

スカートをひらひらと揺らし、穏やかな顔で続ける。

「好きな人と付き合って、結婚して、子供を授かって、あんな風に家族で夏祭りに来てみたかった」

もしかしたら、そんな未来があったかもしれない。

もしも身体が丈夫なら、あの人の隣で笑っていたのはこの人だったのかもしれない。

そんな〝もしも〟は、考えたって仕方のないことだけれど。

そう、思わずにはいられない。

「め、いみさん」

「なあに？」

「……芽衣美さん」

「……ふふっ」

口に馴染ませようと何度か名前を口にする。

そんな私に笑って、彼女はその手を月にかざした。大きく丸い月が夜空で輝いている。

「私、同世代の女の子に名前を呼ばれたの、あなたが初めてよ」

穏やかな声が、夏の夜に溶けていく。

「なんだか、くすぐったいものね」

もうすぐ、花火が打ち上がる。


「ねえ、知ってたんでしょ。前嶋祐司さんが結婚してたって」

神社の境内から少し離れた先。木の枝で一休みするように座っていた薊に、私は声をかけた。

薊は少し驚いたような顔をしてこちらを見たあと、ふんと顔を逸らす。真っ黒の髪がさらさらと揺れる。辺りに人はいないから、とても静かだ。

芽衣美さんは彼の姿を目に焼き付けたいらしく、しばらく別行動をしている。

「……説教でもしに来たってんならお断りだぞ」

「ううん。するわけないでしょ」

だってわかっていて、わざと彼女をけしかけたんでしょう。やらぬ後悔は尾を引くもんだ、って。

「隣、座ったら怒る？」

「………」

薊は何も言わない。これは、怒らないという返事として受け取ろう。

そっとその隣に腰かける。決して近くない距離だけど、少しだけ緊張する。こんな気持ち、生まれて初めてだ。

「……あのね、薊。私」

意を決して声を上げれば、「なんだ」と遮られる。

薊のシャツが、そよ風にやわらかく揺れている。

「ペアを解消したいって言いに来たのか」

「え？」

「最近のお前、なんかそわそわしてたからな。何かあるんだろうとは思ってたけど」

遠くから、花火の音が聞こえてきた。

「まあお前も大分我慢したからな、そろそろ青天目だって考えてくれるだろ」

一際大きな花火の音がしたあと、辺りが微かに照らされる。

「もしも言いづらいなら、俺から青天目に言っといてやる」

なんで勝手に話を進めるんだ。まだ、何も言っていないのに。だけどここで自分の気持ちを伝えなかったら私は変われない。さっき反省したばかりじゃないか。人と関わるのを避けていたらだめだって。

せっかく気付いたのに。

せっかく、気付かされたのに。

「まあこの罰則具が取れない限り俺とのペアは切れないだろうけど、別の仕事させてもらえるよう頼んでくる」

「は……」

「お前の六十年分は、違うところで補うから」

ここからでは少し遠い花火が、薊の黒に色味を添えた。赤、青、黄色、いろんな色になって、そうしてまた元の黒色に戻る。

「これまで悪かったな」

薊は私の顔も見ずにさらりと告げる。どうしてそんな見当違いのことを言うんだ。

「何、わけわかんないこと言ってんのよ……」

薊の胸倉を思いきり掴む。そこでようやく目が合った。

その赤みがかった薄茶色の目に、私の顔が映る。花火に照らされ、その目が宝石のように輝いて見えた。

「私はね、あんたとそんな話をしに来たんじゃない」

「は？」

「何を勘違いしてるか知らないけど、私はあんたに謝りに来たのっ」

けれどこれでは謝りに来た、という態度ではない。どれだけ素直じゃないんだ、私は。自分が自分で嫌になる。

薊から目を逸らしてしまいそうになる。でもだめだ、そんなことしては。

『いつ死んでもいいや』って軽率に言ってしまったこと。

自分の命を、ドブに捨てるように扱ってしまったこと。

薊がどんな気持ちで死神の仕事をしているかも考えずに、いい加減な言動でおそらく知らぬ間に傷つけてしまっていたこと。

「……前に、軽率に死んでもいいかな、なんて言ってごめんなさい」

ぎこちなく謝れば、薊の目がゆらゆらと光り、まるで信じられないものでも見るかのように大きく開いた。

「私、今まで自分の生死にあまり興味がなかったの」

ぼそぼそと呟きながら、私は隠れるように俯いてしまった。ああ、やっぱりだめだ。

目をじっと見れない。素直になるというのは、こんなにも難しい。

難しいから、死ぬまで気付かないことがたくさんあるんだ。

「でもそれが、薊たちにとって、どれほど失礼なことなのか、だんだんわかってきて……申し訳ない気持ちになってた」

「…………」

「生き返りたいとか、そういうのはまだわからないんだけど……だけど、私、ザンシ課の仕事と、ちゃんと向き合いたいって思った」

そこまで言って顔を上げた。今度こそ、目を逸らさないように心に決めたのに、思っていたよりも近い距離に息が詰まる。

「つまりその」

言葉が途切れ途切れになる。けれど止まってはいけない。

「これからもよろしく……お願いします」

話がまとまっていない気がするけど、言っておきたかった。

ちゃんとした、パートナーとして。

薊の目は変わらず私に向けられていた。何を言うわけでもなく、薊にしては珍しく真剣な視線がくすぐったかった。

どれほど経ったのだろうか。時間の感覚がわからなくなるほど、いっぱいいっぱいだった。

そんな私に、薊が俯く。まさか、怒らせた？

ひやりとした私にかまわず、薊は手を口元まで持っていく。そして顔を隠すように背を曲げ、くつくつと笑い出した。

「急に深刻な顔して、わざわざ俺の隣に座るから何かと思えば……、ふっ」

「ちょっと、なんで笑うの！　笑わないでよ、人がせっかく……」

せっかく勇気を出して言ったのに。こいつ、なんて失礼な奴なんだ。

「悪い、……なんかおかしくてな」

「何が」

「だって、お前も俺も、お互いによく思ってなかったのに、こうして向き合って、あげくよろしくなんて言われるとは想像もできなかった、つうか……」

「悪かったわね、もう二度とあんたの前でこんな奇妙なことは……」

「悪くないな、素直なお前は」

「だから、悪かったわねって……」

そこまで言って、私は動きを止めてそちらを見た。

薊が、口元を押さえたまま顔を逸らしている。表情は見えないけれど、耳が少し赤い気がするのは気のせいだろうか。

夜の空は、花火の光が明るく彩っていた。

「ふ」

今度は私が笑う番だった。顔を逸らしてた薊が、不服そうにこちらを見る。

「あっはは……あははっ！」

ああ、おかしい。

薊の言っていたとおり、私たちはお互いにいい印象を持っていなかったはずなのに、いつの間にこんな風に笑い合えるようになったんだろう。

誰かと一緒に行動する、ともに過ごす、ってこういうことなんだろうか。

なんだ、とてもあたたかい。

優しくて、自然と笑えてくる。

「……ねえ、薊」

「……なんだよ」

「私、今、人生で一番楽しいかも」

「……変な話だな」

「本当にね」

だって、私の人生はもう終わっている。終わっているのに、これからのことを考えてしまう。

「薊、薊、あざみん」

「今度はなんだよ。その変な呼び名やめろ」

「遠山……芽衣美さんがね、名前を呼ぶと嬉しいって言ってたから、なんとなく呼んでみたんだ。でもあざみんはないね」

笑いが入り混じったままそう言えば、「は？　調子に乗んなよ」と手の裏で軽くぺしっと叩かれた。

花火はもう終盤のはずだ。そろそろ手紙を届けに行かなければならない。薊が先に立ち上がり、枝から降りる。

「ほら、時間がない。行くぞ——春子」

「えっ」

「…………」

「今、名前……」

慌てて追っても追いつかない。

顔を逸らしたままぐんぐん先に進んでいくその後ろ姿が、少し恥ずかしそうだったのはきっと気のせいではないのだろう。

薊は意外と照れ屋だな。

肩で笑いながら、夜空を見上げる。

心が大きく揺れ動く。

今の身体に心臓があるとしたら、それはきっと忙しなく、そして小さく優しい音を立てているのだと思った。

「はあ、緊張する。ついに私の気持ちが先輩へと届くときがきたのね……」

芽衣美さんが胸に手を当て、溜息を吐いた。その姿はまさしく告白前の恋する乙女で、彼女の周囲だけハートが飛んでいるように見えた。

あれから再び芽衣美さんと屋台のある広場で合流をし、花火のプログラムに合わせて場所を移動した。

「あ、先輩！」

打ち上がる花火が一望できる河川敷に着いてすぐ、ふわふわと宙を回っていた彼女が勢いよく指を差した。そこにはちょうどあの人がいる。最後の打ち上げ花火を待っているのか、ずっと夜空を見上げている。

彼女がそっと彼に近付いていく。

視線の先には彼女がいるのに、その人は遠くを見つめるような目でただ空を見上げていた。

彼女の言葉を綴った紙を握って隣に行けば、彼女はくすくすと笑った。

「春子」

優しい声で私の名前を呼ぶ。まさに春のようなあたたかさを含ませて、芽衣美さんはにっこりと私に微笑んだ。

「お願い」

彼女の言葉とともに、後ろから花火の打ち上がる音が聞こえた。

ああ、ほら。その顔が、この瞬間が――。

私は持っていた紙から、そっと手を離した。折り目も付いていない白い紙は、そのまま風に乗る。まるで季節外れの雪のようにはらはらと落ちていく。

どうか届いてほしい。

彼女の思いがこもった手紙。

彼の元へ、真っ直ぐに。

花火の咲いた夜空から羽根のように落ちてきたその紙が、あの人の目にはどう映っているのか。

届ける側にいる私には、何もわからないことだ。

＊＊＊

僕が彼女を見かけたのは、学校の中庭だった。

花のようにふわふわとした見た目とは裏腹に、表情ひとつ変えずに黙々とひとりでお昼を食べているその姿がやけに気になった。

誰かと話している姿も見たことがない。彼女はどんな声で、どんなことを話すのだろう。

声をかけたときは緊張した。僕は彼女より年上だから、みっともない姿を見せないように必死だった。

『先輩、祐司先輩』

彼女と話すようになってからもそれは変わらない。けれどどんなに疲れていても、落ち込んでいても、彼女に笑顔で名前を呼ばれるたびに心があたたかくなった。

この瞬間が、この時間が、永遠になればいいのに。

ずっとずっと、そう思っていた。

そんなときだった、彼女の病気が悪化したのは。

学校にも通えなくなった彼女は、いつも病室の窓から見舞いに来る僕に手を振っていた。元気な様子を装っていたけど、だんだんとやせ細っていくその姿は日に日に灯火が弱まっているように見えてならなかった。

ある日、彼女からお祭りに誘われた。本当は自分から誘おうとしていたのだけど、電話が繋がった途端『お祭り行こうよ！』と彼女から先に言ってきたので、僕からは誘うことができなかった。情けないなと思いながらも、彼女が同じ気持ちでいてくれたことが嬉しかった。

約束の日が近付くにつれ、彼女の身体の調子はどんどん悪くなっていった。お祭りはまた今度にしようと言ったけれど、『どうしても行きたい』と言って彼女は聞かなかった。

《ねえ、祐司先輩。明日、楽しみね》

優しい声で名前を呼ばれるこの時間が、好きだった。

《私ね、思ったのよ。祐司先輩、前に幸せは軽いって言っていたじゃない。だからしっかり掴んでおかないと飛んでいっちゃうなって》

お祭りの日には、彼女に思いを伝えようと決めていた。

ずっとずっと、君のことが好きだった。これからも末永く、君と一緒にいたい。

そう伝えたら、君はいったいどんな顔をするのだろう。

また明日、と言って電話を切った。当たり前のように、彼女と会える明日がくると思っていた。

待ち合わせ場所に着いてからは、そわそわして緊張が止まらなかった。不安で、だけど楽しみで、心臓がずいぶん速く動いていた。

早く来ないだろうか、早く、君に気持ちを届けたい。

だけどそんな気持ちだったのは一時間だけで、待てば待つほど焦り、不安な気持ちでいっぱいになった。

とうとうあのお祭りの日、彼女は僕の前に現れなかった。

それ以降も、ずっと。


——打ち上がる花火も終盤に近付いていた。

「あなた、とても綺麗ね」

僕の隣で娘とともにとても楽しそうにしている妻に「ああ、そうだね」と笑いかける。

数年前知り合った女性だ。いつまでも恋愛に踏み切れない僕に、幸せを教えてくれた人だった。妻の隣には目を輝かせて花火を見上げる娘がいる。そのふたりの姿を穏やかな気持ちで見つめている自分を、数年前は想像もできなかった。

彼女がこの世を去った日から、僕はずっと、誰かと寄り添うことなどできないと思っていた。

お祭りにも二度と来ないだろうと思っていた。けど、不思議なことにこうして誰かと寄り添いながら僕は花火を見上げている。

それが自分にとってどれほど大きなことか、妻も娘も何ひとつ知らない。自分のことは、自分が一番知っているから、とても不思議な気持ちだった。

ヒューっという音とともに最後の花火が打ち上がり、銀色の火の粉がちらちらと舞った。空気に轟《とどろ》いた激しい音とともに、夜空に大輪の花が咲く。

そのとき、はらはらと、花火の残り火のように何かが舞っているのが目に入った。

まるで自分の元へ、届けられるように。

手を伸ばして掴むと、それは一枚の白い紙だった。

妻も娘も花火に夢中で、僕だけがその紙に目を通す。

前嶋祐司先輩へ

お久しぶりです、お元気ですか?

これから少し不思議な話をしてしまうかもしれませんが、どうか驚かないでください。この手紙は、私があなたに向け考え、代筆してもらったものです。

どうか、最後まで目を通してもらえたら幸いです。

さて、前置きはこの辺にして。まずは先輩、ご結婚おめでとうございます。

あの頃と変わらず祐司先輩が誰かと笑い合えていること、とっても嬉しく思います。

私は先輩から、たくさんのものをもらいました。
なのに、私は何も返せなかった。お祭りの日は、約束を破ってごめんなさい。
あの日、先輩とお祭りに行きたかった。
どうしても伝えたいことがあったから、無理をしてしまいました。ごめんなさい。
それに、ちょっとだけ楽しい思い出がほしかったっていうのも理由です。
よせばよかったのに、妙な欲が出てしまって。反省です。

そうだ。あと、これは本当は言おうか言うまいか迷っていたのですが、
最後の欲に負けて言います。

祐司先輩。私、あなたのことが好きでした。
とてもとても、とってても好きでした。
先輩の声が、笑顔が、気遣いが、全部が好きでした。
一緒に過ごした時間も、先輩と生きたこの世界も、全部が大好きでした。
私の人生は、普通の人よりあっという間だったかもしれないけど、
それでも、胸を張って素敵なものでしたって言えます。

ありがとう、祐司先輩。

どうか、未来永劫、幸せでありますように。

あなたの愛する人たちと、末永くお元気で。

遠山芽衣美

不思議な手紙だった。彼女から宛てられたものだとなんの疑いもなく思った。

胸に彼女の気持ちがすとんと落ちてくるような、そんな感覚がした。

「パパ、見て！　綺麗だね！」

娘が花火を指差した。

ああ、本当だ。綺麗だね。初めて見るわけでもないのに、こんなに心を動かされる花火は見たことがない。

「また来年も来られたらいいわね、あなた」

妻も夜空を見上げたままそう続けた。

ああ、もちろんだよ。また来年も。そのまた来年も、みんなで来よう。

あの人の分まで、この花火を見上げ続けよう。

握った手紙は、さらさらと形をなくし消えていく。そのままこの夜の星屑になっていくようだった。

「……あなた？」

「わ、パパが泣いてる！」

娘の冷やかす声が聞こえた。妻は驚いたあと、少し笑いながら「そんなによかったの？」と首を傾げていた。

僕の隣で笑うふたりの顔を見たとき、もう手放せない幸せがあるのだと思った。

──未来永劫。

あれをいったいどんな気持ちで、彼女は綴ってくれたのだろう。

「……よかったよ」

もしも、そこにいるなら聞いてくれるかい。

僕も、君のことが大好きだったんだ。

君と花火を見上げることはもう叶わないと思っていた。

けれどこうしてやっと、十五年越しに、同じ花火を見上げていることができているのなら嬉しく思うよ。

ねえ、芽衣美ちゃん。

僕こそ、君にたくさんのものをもらったよ。

いろんな感情をもらったよ。

君と過ごしたあの日々を、僕は絶対に忘れない。

忘れないからね。

「僕こそ……、ありがとう」

小さく呟く。あの人にだけ聞こえるように。

ありがとう、ありがとう芽衣美ちゃん。

君が安らかに眠れるよう、あの花火に願おう。

「ありがとう、さようなら」

君の言葉を受け止めながらささやいた声は、鮮やかな星屑とともに消えていった。

＊＊＊

「あー、言っちゃったぁ……春子がやっぱり気持ちは伝えたほうがいいって言うから」

木の枝に頬杖をつきながら溜息を吐く芽衣美さんに、私は「うっ」と肩を竦《すく》めた。

「だって、言えることは言えるうちに言っといたほうがいいじゃないですか」

言い逃げかもしれないけど、それでも芽衣美さんの場合は伝えたほうがいい気がした。あれだけ相手のことを強く思っていた彼女のやり残しリストに、その項目は必ず入っている気がしたのだ。

「じゃあ、あなたは〝伝えられるうちに〟誰かに何かを伝えたの?」

「それは……」

言葉がうまく出ない。そんな私に彼女はふふっと口元で笑い「所詮そんなものよ」と目を細めた。

「人は機会を失ってから、ようやく時間の過ごし方について後悔するものなんだと思うわ」

「………」

「あなたも後悔のないようにね。私のようになってしまうわよ」

枝から離れ、彼女は私の前に来ると優しく微笑んだ。

「春子。あなたと過ごした時間も私にとってかけがえのないものになったわ。あなたにだったら、私の魂を預けてもいいって思えた」

「……芽衣美さん」

「ありがとう。少しの間だったけれど、気兼ねない友人ができたようで楽しかった」

薄くなるように白む芽衣美さんの手が、私の頬に触れる前に止まってしまう。

「私、あなたのことが好きよ。春子」

ああ、もう時間なのか。

「人はきっと、誰かに愛されるために生まれてくるんだと思う。私はそう願っていたから、だから」

もう、消えてしまうのか。

「春子も自分を、愛してあげてね」

その指先が白い光の粒となって、空へ舞い上がっていく。

「待って、芽衣美さん！　私……」

正直、力になれていたかわからない。ちゃんと、あなたの気持ちを綴れていたのか、わからない。

そんなに感謝されていいものか、そんな風に言ってもらってもいいものなのか——。

「ちゃんと、力になってくれたわ。私は私として思い残すことなんてない。あなたのおかげよ」

芽衣美さんの足や腕が光の粒となって消えていく。粉雪のように儚く映るのに、それはとてもあたたかくて。

「じゃあね、春子。私、来世こそは幸せになるから」

花のように微笑み、目尻から光の雫を零したのを最後に、その姿は完全に消えてしまった。

「いったな」

しばらくして、薊が小さく呟いた。魂を見送るとき、空気がどこか寂しげになるのはどうしてだろう。

「……私」

光の雫を見上げたまま、私は口を開く。こんなことを言ったら、また薊に馬鹿にされそうだけど。

「魂を見送るとき、不思議な気持ちになる。言葉でうまく表せないんだけど……ああ、これでよかったのかな、って少し考えるの。でも別に後悔しているわけじゃない。その証拠にどこか、あたたかい気持ちにもなる」

それは、今まで味わったことのない感覚だった。

「これって、どういう感情なのかな」

答えを求めているわけではなかった。でも、しばらく間が空いてから、薊がそっと呟くように言った。

「……それは、お前が」

もうほとんど光が消えてしまった空から視線を移し、薊を見た。

「お前が、人生捨てたものじゃないって、少なからず思ったからなんじゃねえの」

こちらを見もせずに続けた薊は、空を見上げたままだった。

「人の歴史に触れると、どうしても感化される。ザンシ課にいると自分を保つことが難しくなるから、苦手とする奴も多い」

「自分を保つことが難しくなる……」

確かにそうかもしれない。今まで自分が正しいと思ってきたものや価値観は、結局私だけのものにしかすぎなくて、本当はもっと違う見方もあるんだと言わしめられている気分だった。

私はこのザンシ課の仕事に感化されて、ほんの少しだけ……この世のことを恋しい、と思ってしまったのかもしれない。今さらだけど、この状況だから、そう思えるようになったのだろう。皮肉なものだ。思わず笑いそうになった。

「確かに、そうかもね」と薊に言葉の続きを言おうとしたそのとき。

自分の背中側から急に吸い寄せられるような力を感じた。そうして気付いたときには、身体が黒い渦に巻き込まれていた。

「何これ……うわあっ！」

背中側に倒れながら沼の底に落ちていくような妙な感覚を覚える。吸い込まれる直前、近くにいた薊と目が合った。

「春子！」

薊が私の名前を呼ぶ。とっさに彼に向かって手を伸ばした。

けれど薊の手には届かず、私の身体はその黒い渦に飲み込まれてしまった。

春の記憶

「――がやさん、雨賀谷さん！」

「……えっ」

「大丈夫？」

手に持っていたチョークが、黒板に当たって少し砕けた。顔を横に向けたら、担任がいて、私は再度「えっ」と上擦った声を出してしまう。固まったまま動けずにいると、教室の後ろの方でくすくすと笑い声が聞こえた。

なんだろうここは。見覚えはあるけど、そうでないようなこの妙な空間は。

状況を確認すれば、文化祭の出し物をクラスで決めている最中のようだった。私は黒板の前で板書をしている。

「それじゃあ、この中で皆さんのやりたいものを多数決で決めたいと思います」

教卓の近くにいた男の子が黒板とクラスの皆を交互に見ながら声を上げる。

「それでは、喫茶店がいいと思う人」

あれ？　私、なんで……。

「それでは次に、お化け屋敷の……」

ぐるぐると頭が回って気分が悪くなる。うっ、と口を押さえて座り込むと、担任が驚いたような声を上げた。

「雨賀谷さん？　大丈夫？」

「何？　どうしたの？」

「吐くんじゃね？」

「げっ、マジ？」

そんな会話が、ずいぶん遠くに聞こえる。私、どうしてここにいるんだっけ。

そう思った途端に目の前の景色がぱっと切り替わった。

保健室の天井が見える。うっすらとした人影が「親御さんに連絡する？」と私に問いかけた。私は条件反射で首を横に振った。

ああ、だんだんと思い出してきた。

忘れかけていた雨賀谷春子という人間を。

また場面が変わり、今度は自分の家の前に立っていた。

いったい何が起こっているんだろう。頭は混乱したままなのに、身体が勝手に鞄から鍵を出そうとしている。

「毬花《まりか》！　ちゃんと鍵は持ったの？」

「持ったよ〜！」

ドタドタとした足音が家の中から聞こえる。玄関が勢いよく開き、そこから出てきた彼女と目が合った。

「お姉ちゃん！」

六つ年が離れている私の妹、雨賀谷毬花。

地毛の色素が薄く、くるりと上を向いた睫毛が目を大きく見せていたため、よくハーフに間違えられていた。今から習い事なのか、水着の入ったプールバッグを肩にかけている。

「あら春子ちゃん、そんなところに立ったままでどうかしたの？　具合でも悪い？」

家の中から違う声が飛ぶ。毬花とよく似た女の人が、私に向かって声をかけているところだった。

喉の奥で何かがつかえたように声がうまく出ない。唇をただ動かし、その場に立ち尽くす。

ふたりの目がやけに飛び出ているように見えた。

ぎょろりと魚のように蠢《うごめ》く目が、私をじっととらえている。足元がぐらついて、吐き気がする。

「春子ちゃん？」

やけに歪んだ声。

「お姉ちゃん？」

やけに淀んだ声。

ああ、気持ち悪い。そんな声で、私を呼ばないで。私はどうして、ここにいるんだっけ。

その場から逃げ出したくて、勢いよく家を飛び出す。

さっきまで高校生だった私の身体はいつの間にか小学生になっていて、細い路地を、息を弾ませながら必死で走っていた。

汗で髪が頬に貼り付く。私の足は止まらなかった。

建物の隙間から見上げる空の青はやけに色が濃くて、まるで絵具で描いたかのような白い雲がよく映えている。

汗が顎を伝い、足元に落ちる。

ああ、喉が渇いた。水が飲みたい。

そう思い立ち止まろうとしたとき、地面に転んで膝を擦りむいた。手も腕も、どこもかしこも、赤く黒く、すごく痛い。

「ねえ、君、大丈夫？」

ふいに誰かに声をかけられた。腕を掴まれ、身体を起こされる。

目の前の景色が、また空の色に染まった。

＊＊＊

「――雨賀谷さん」

　静かに声が聞こえた。私は薄く開いた瞼を何度か瞬かせる。

「青天目さん……？」

「歪《ひずみ》での移動はやっぱり負担が大きかったね」

　絹糸のような長い髪がさらりと肌に沿って流れていく。私は頭をぼんやりとさせながら、ゆっくり身体を起こして辺りを見回した。そこには仕分け場のような白い空間が広がっている。

「私……なんで……」

「歪を通して、君の身体を私の元に移動させたんだ」

「歪？」

「ワープ空間のような、あの世で使える移動手段だよ」

　ああ、青天目さんがたまに唐突に現れるときがあったけど、あれはその歪を使っていたのか。

「薊を外してふたりで話したいことがあったから、歪を使ってしまったけど……ごめんね」

申し訳なさそうな青天目さんに「いいえ」と小さく首を振った。そんな私の頭を、青天目さんは微笑みながらそっと撫でた。

「え⁉」

「よしよし」

「何するんですか⁉」

にこやかな顔で頭を撫でてきた青天目さんに、私はとっさに身を引いた。

「いや、撫でられたそうにしていたからね」

突然撫でられたのもそうだけど、そんなことを言われたのは初めてだったから驚いた。自分ではわからないけど、そんな顔してたのかな……。

「雨賀谷さん、生前の記憶を辿っていたね」

「え……」

思わず顔を強張らせると、青天目さんは「覗いてしまってごめんね」と目を伏せた。

「君にとっては見られたくないものだったのかもしれないけど、こうして記憶に引き寄せられたってことは、君の魂がうつし世と共鳴しているってことなんだ」

「共鳴？」

「君の心が、うつし世に戻りたいと叫んでるんだよ」

そんなこと、と言いかけて口をつぐんだ。確かに私は自分の気持ちの変化を感じている。浮遊魂たちの心に触れて、自分がいた世界のことを恋しいなんて思ったのも事実だけど。

「雨賀谷さん。君は、今までの人生をあまり振り返りたくないみたいだけど、それはどうして？」

「どうして、って……」

言葉に詰まる。私を見透かすような青天目さんの目を前にすると、すぐに答えが出ない。

「自分の居場所がないと感じたからかい？」

「え……」

青天目さんはふ、と口元を緩ませた。何もかもお見通しだというその表情に、思わず「違います」と語気を荒くして答えた。

「じゃあ、どうして君はいつ死んでもいいやって思ってたんだろうね」

「………」

「雨賀谷さん、〝死にたがり〟っていうのは、死のうとしている人たちのことではないんだ」

その言葉に私は首を傾げる。だって薊は『自殺志願者みたいなもの』って言っていたから。

「自殺志願者みたいなものだけどそうじゃない。死にたいけど死にたくない。諦めてるけど諦めてない。未練がまだいっぱいあるのにそれを認めない人のことを死にたがりというんだよ」

「未練……」

「そしてやりたいことがあっても最期がきてしまった浮遊魂が、私たちなんだ」

「最期？」

「そのやりたいことを忘れてしまうのが〝最期〟。そのときが訪れると、死神としてさまようことになる」

　そこで公太くんから言われた言葉を思い出す。

『僕たちみたいな浮遊魂で〝行き場のない奴ら〟が死神になるんだって』

　薊や青天目さん、ほかの死神たちもみんな、本当はやり残したことがあるのかもしれないって薄々感じていた。でもそのやり残したことがもうわからなくなってしまったから、行き場がなくなって留まっているんだ。

「もう自分が何者か思い出せない者たちが死神になり、覚えている者がうつし世をさまよう。そうやって私たちは分類されるんだよ。そして、死神たちには特徴がある」

　青天目さんがゆっくりと言葉を紡ぐ。

「ひとつは、生前の記憶が曖昧、もしくは消滅している」

前に薊が死神は元人間しかいないと言っていた。でも、彼の口から人間だったときの話は聞いたことがない。

「ふたつめは、死神には仮名が与えられ、生前の名前を思い出すと浮遊魂となって転生する。そしてみっつめは――」

『……お前みたいな奴、大嫌いだ』

薊がどんな思いであの言葉を私に言ったのか、今なら痛いほどよくわかる。なりたくないのになった者と、自然となってしまった者では、全然違う。

青天目さんが話しているのに、それをぼんやりと耳に通すことしかできなくて、私はただ黙っていた。青天目さんは「私はね」と少しトーンを上げて話した。

「雨賀谷さんがザンシ課の仕事をしているうちに、何かしらの心境の変化があったように思うんだ」

「……それは」

「雨賀谷さん」

ぎこちなく答えると、青天目さんが私と距離を縮める。対峙《たいじ》するようにこちらを見つめたまま、逸らすことは決してしない。

「どうして私がこんなことを言うんだと思う？」

「わかりません……」

首を横に振れば、青天目さんは真面目な表情で続けた。

「うつし世と共鳴するということは、向こう側に戻れる可能性が高いということなんだ。ただ、この機会を逃すと次はいつ共鳴できるかわからない。戻りたいと、ただ思うだけでは足りないんだ」

「………」

「心の奥深くでうつし世のことをよく考え、理解し、強く戻りたいと思う、そうしてうつし世と波長があった瞬間にしか共鳴はできない」

徳を集めるだけでいいと思っていた。生き返ることもあるかもしれないと聞いたときも特に何も思わなかった。

「今を逃してしまえば、君の魂はうつし世との乖離が進んで、仮に六十年分の徳を集めても雨賀谷春子としては生き返れなくなる。本来はここにいるはずのない君に残された道は、消滅しかない。もう、何者でもなくなってしまうんだ」

でも違うんだ。

つまらないなんて、勝手に私が決めつけていただけ。死ぬことがどうでもいいなんて、見栄を張っていただけ。

「つまりそれは、雨賀谷春子としての死を受け入れるということだ」

なんでだろう、心臓が大きく動いた気がする。心臓が動くなんて、死んでいるのにおかしな話だ。

死んでいるのに、死んでいない。

そんな狭間で、私はようやく自分のことを知れた気がした。

「もう一度聞くよ」

雨賀谷春子さん。

青天目さんが私を呼ぶ声が心地よく響く。ずいぶん前にも聞いたことがあるような、とても安心する声。

「君は本当に〝死〟を選ぶ？」


――お元気で。

――姉ちゃん……兄ちゃん、あ……りが……とう。

――じゃあね、春子。私、来世こそは幸せになるから。


ここに来てからの記憶を探りながら、薊の言葉を思い出す。

『人の歴史に触れると、どうしても感化される』

感化されるのは、まるで自分の意志が弱いみたいで、核心を突かれているようで、正直あまりいい気分にはならない。

でも、だからこそだろうか。心の裏側にある、私さえ知らなかった本音が口をついて出てくる。

ずっと覆われていた心のもやが、晴れていく気がした。

私は――

「死にたくない」

思いが溢れて止まらない。そう、本当は思っていたことがあった。

「もっと、ちゃんと、生きたい」

今度は胸を張って、素直になって、

「私は、私を、もう一度生きたい」

今度は無駄にしないように。今度こそ後悔しないように。

私は私を、大切に生きてみたい。

いろんな出会いをして、たくさんの人生に触れてそう、思ってしまった。

瞬間、ぶわりと強い風が下から舞い上がった。

つむじ風のようにぐるぐると私たちのそばを旋回し、そして優しく包み込んでくれるような穏やかな風へと変わる。

「その言葉を待っていたよ」

そう言った青天目さんの雰囲気も、さっきまでと変わっていた。

「雨賀谷春子さん」

今一度、名前を呼ばれる。

「私は君に、最後の仕事として頼みたいことがある」

今まではどこか飄々《ひょうひょう》としていて、彼を遠い存在に感じていたのに。

「これを終えたら、六十年分の徳を集めきれるはずだよ」

そう言って笑った青天目さんの表情は、どこか少しだけ、人らしいと思わせた。

ひとりでうつし世に降りるのは初めてのことだったので、迷ってしまわないか少し心配だった。

「大丈夫。そのまま真っ直ぐ飛んでいけば薊に会えるよ」

そう言われて、ゆっくりゆっくり下降していく。

青天目さんの姿はいつしか見えなくなり、眼下にはどこまでも続く街並みが広がっていた。ビルの隙間を朝日が照らし、窓に光が反射していくたびに、街に命が吹き込まれていくように感じる。

その様子を眺めていると、ひゅっと笛を吹いたような風の音が聞こえた。まるで焦ったような音。肩を縮ませながら音のした方を見ると、

「薊……？」

宝石のように綺麗な目を光らせながら、肩で息をしている薊がいた。

「お前……っ」

「あ……」

「無事だったのか!?」

肩をがしっと掴まれ、思いっきり揺すられる。

「お前が急にいなくなるから心配して……」

大きく開いた口から八重歯が覗く。眉を寄せ、心配しているような焦ったような表情で、薊は私のことを見下ろしていた。乱れた黒髪がこの男らしくないから、私は戸惑いを隠せない。

「え、心配って……」

そこではっとしたように、薊の口が止まった。寄せていた眉もだんだんと解かれて
「とにかく」と払うように手が離れた。

「慣れないまま歪に入ったら、体力も奪われるし、わけのわからない場所に飛ばされるときもある。まともに戻ってこられる奴なんて滅多にいないんだからな」

「えっと、ごめん……なさい。青天目さんと話してて……」

素直に謝れば、薊はどこかばつが悪そうに「まあ、なんともないなら、いい」と顔を逸らした。

その姿があまりにおかしくて、私は「ふっ」と耐え切れず笑ってしまった。

「は？　なんだよ」

「あ、ごめん……あのね、薊」

薊は訝しげな顔で私を見る。

「私ね、生きてるとき、自分の人生ってつまらないし、世界一不幸なんじゃないかって思うことがしょっちゅうあったの」

わざと明るい口調で話す。平静を装おうと思っても、なんとなく薊には見透かされている気がした。

「でも、そんなことを思う自分から、変わろうとしなかった、自分以外の人間が悪いんだって決めつけて、努力なんてこれっぽっちもしなかったの」

薊の表情を見るのが少し怖い。

「結局私は、周りのせいばかりにして、悲劇の主人公ぶってたのかも」

薊はどんな顔で私の話を聞いているんだろう。こんな恥ずかしい私の話を。

「こっちに来て、浮遊魂の心に触れて、ようやく自分の甘さに気付いた」

殻を破らず、自分の世界だけで生きてきた。だけどもう世の中はつまらない、なんて決めつけるのはやめよう。

ちゃんと、自分自身と向き合おう。

浮遊魂たちの思いを知って、彼らの手紙を書きながら、私はようやく気付けたの。それは些細で小さなことだけど、とても大事なこと。

「自分の正直な気持ちに気付いたの。本当は、私もやりたいことや誰かに伝えたいことが、たくさんあった」

勇気を出して顔を上げる。

「ねえ、薊」

真っ直ぐにこちらを見つめる薊が、私の言葉の続きをただ静かに待っている。

「あんたに殺されて、本当によかった。ありがとね」

私がそう告げると、薊の目がどこか優しくなった。

「殺した奴に感謝するって、妙な話だな」

その穏やかな表情が、青天目さんに似ていると思った。

重なる感情

私が三歳の頃に、実の母は病気で死んでしまった。

あの頃は病気というものをちゃんと理解してはいなかったけど、もう二度と母には会えないのだと幼いながらに感じていた。

母が死んでしまってからは、父とふたりで生きてきた。父はずっと働いていたから、私はひとりでいる時間が多くて人付き合いも苦手になっていた。

十歳のときに、父とふたりで出かけた。

久々に遠出でもするのかと思いわくわくしたけど、出かけた先は近所のファミレスだった。

『静幸《しずゆき》さん。春子ちゃん。こんにちは』

ファミレスには初めて見る女の人と、四歳くらいの女の子が私たちを待っていた。

思わず父の顔を見る。父の照れくさそうな顔は、目の前の彼女たちに向かっていた。

『春子、ご挨拶をしなさい』

『……こんにちは』

初めて会う女の人なのに、なぜか私の名前を知っているのも、父が女の子をやたらかわいがるのを見るのも、どうしようもなくもやもやした。父がふたりに奪われてしまう気がした。父に裏切られたと思った。

それから私の予想は当たり、一年後、父はこの人——道葉《みちは》さんと再婚をする。

道葉さんはいい人だった。その娘の毬花もまた私をお姉ちゃんと言って慕ってくれた。

どうにか打ち解けていけるような気がしていたけど、家にいるときはいつも疎外感があって居心地が悪かった。

いつまでも空気感に慣れなくて、高校生に上がる頃にはその空間から逃げ出そうと家より少し遠い学校を選んだけど、そこも決して楽しい場所ではなかった。いじめられていたわけではないけど、集団行動が苦手な私はやっぱり浮いていたと思う。

『雨賀谷さん。ちゃんと聞いてる?』

『……何?』

『何じゃなくて、文化祭の実行委員。雨賀谷さんでいいよね?』

『どうして?』

『だって雨賀谷さん、部活に入ってないでしょ? うちのクラス、スポーツ推薦の人が多いからそれ以外で選出しようって話になったの。雨賀谷さんってしっかりしてそうだし、向いてるかなって』

『……しっかりしてないけど』

『え？　そうなの？』

しらじらしい。ただ面倒事を押し付けたいだけならそう言えばいいのに。

『わかった……別にいいよ』

『本当？　ありがとう』

思ってもないことを言うのも、言われるのも、とても腹が立つ。

『……雨賀谷さんって絶対断らないよね』

『基本大人しいもんね、何考えてるかわかんないけど』

『それわかる、仏頂面だししゃべらないから怖いわ』

『あはは。ま、あんな風なのも家庭環境が原因なんじゃない？』

『何それ？』

ひそひそ話が繰り広げられている。私が知らない間に、私という人間が勝手に構築されていく。

『知らないの？　雨賀谷さんのお母さんって、蒸発したって噂』

『そうなの？　不倫してたとか？』

『さあ？　でもそれが本当ならえぐいよね』

『でも死んじゃったって話も聞いたことあるよ』

『えぇ？　それはそれでさぁ』

　勝手な噂を立てるなと思ったけど、人からなんと言われようとどうでもよかったから、口を閉ざした。弁解するのも面倒だ。

　文化祭実行委員をやるようになってからは帰りが遅くなった。家に帰る頃にはいつも夕食時で食卓が賑わっていた。私がいなくても〝家族〟になっている空間に入っていく気にもなれなくて、そのまま部屋に向かった。

　終わらせたくなるほどひどいものじゃない。

　けど、逃げ出したくなるほど退屈な毎日だった。


『今日は毬花のピアノの発表会でしょ？　お母さん張り切って料理作るね』

『ほんと？』

『じゃあ父さんも仕事を早く終わらせて帰ってくるよ、だから毬花。頑張るんだぞ』

『うんっ』

　愛されて育つ妹が同じ屋根の下にいることが無性に嫌になった。父が私のために仕事を早く終わらせたことも休んだこともほとんどなかったし、母の記憶などそもそもなかった私にとって、会話を交わす親子三人の風景は、それだけで墨で塗り潰したくなった。

『面倒くさい』

いつもひとりでそんなことを呟いていた。

ここで私が窓から飛び降りたら。

ここで私が電車の前に飛び込んだら。

私が、死んでしまったら。

私はだんだんそんなことを考えるようになった。学校では妙な噂が飛び交うんだろうとか、父や母と妹も、まあ多少は悲しむんだろうとか、そんなことを想像した。

例え想像よりみんなの反応が薄かったとしても、私の死は少なからずみんなの記憶に刻まれるのだろうか、とか。

いろんなことを考えて、そんな自分にぞっとして、いつも頭の中だけで終わらせていた。それは私のことを仲間外れにしている全員に、ざまあみろと言えるような、私だけが満足する創作物語だった。

それなのに。

薊に命を狩られたあのとき、ざまあみろ、と言われる状況に置かれているのは、紛れもなく私だった。

もう少し、生きてみたいと思ってしまった。

光代さんの大切な人に寄り添う気持ちや、公太くんの純粋で素直な気持ち、芽衣美さんの誰かを思う熱い気持ちに触れて。

たくさんの思いに触れて、同じような気持ちを、心を、感じてみたいと思ってしまった。

十八年。

本当に私があと六十年も生きる予定だったのなら。人生を一日で例えたら、まだまだ朝日が昇ったばかりなんだ。

私、たった十八年しか生きていない。

捨てる判断をするには、まだ早すぎる。

ざまあみろ。誰かに耳元で叫ばれた気がした。

死んでから人生の尊さを知るなんて手遅れにもほどがあると。

どうせなら生きてるうちから、死ぬ気で毎日過ごしてみるべきだったと。

きっとそういう〝死にたがり〟ならあの世も大歓迎だろうから。

＊　＊　＊

「ねえ、薊は生きていた頃の記憶ってあるの？」

「……なんだよ急に」

むっとした口調のまま言われた。さっきからずっと薊は私に対して怒っている。

「そんなの、覚えてねぇよ。覚えてたら死神なんてそもそもやってない」

「そっか……」

頷きながら、私は先ほど青天目さんに教えてもらった死神たちの特徴を脳内で整理させた。

ひとつ、生前の記憶が曖昧、もしくは消滅している。

ふたつ、死神名とは仮名であり、生前の名を思い出せば彼らは浮遊魂となり、転生する。

「おい、春子。お前、青天目になんて言われたんだ」

そして、みっつ、〝死者〟だけとは限らない。

少し驚いたけど、私のような例外もいることを考えれば、何も不思議なことはない。もしかしたら、そうレアケースでもないのかもしれない。

「ねえ、薊。それよりもさ」

笑顔で話を逸らそうとすると、今度はふいっと無視されてしまう。そしてツンとした表情のまま、どこかへ飛んでいってしまった。

「……なんでそんなに怒るかな」

歪が青天目さんの仕業で、ふたりで会って話をしていたと言ってからずっとあの調子だ。

まあ、でも確かに薊と私はこの罰則具で縛られてる。私がいなかった間、力がまともに使えなかったことを思えば、怒るのも当然なのかもしれない。そのうえで、私を探そうとしてくれたのであれば、力を大分消費してしまったのではないだろうか。

あ、そうだ。私から薊へ力をわけられるだろうか？　もしもできたら薊が機嫌を直してくれるかもしれない。

そうと決めれば急いで薊の元へ向かう。あんなに慣れなかった浮遊も、今ではかなり安定していた。

「薊！」

思ったよりも大きな声が出てしまう。ビルの屋上に腰かけていた薊は、そこから滑り落ちてしまいそうなくらい驚いていた。

なんだ、と顔を上げ薊がこちらを振り返る。スピードを出しすぎたせいかうまく止まれず、私は薊の身体にそのまま体当たりしてしまった。

「ってえ……」

「ご、ごめん」

薊の身体を押し倒すような体勢になり、慌てて薊の身体から離れようとする。けど、それよりも早く薊に腕を掴まれた。

「急になんだよ、イノシシかてめえは！」

不機嫌そうに顔を歪ませ、下からこちらを見上げてくる。綺麗な白い肌に、その赤茶色に光る目はまるで悪魔のようだった。……いや、死神なんだけど。

「……ごめん」

「はあ？」

「わざとじゃないの」

「いや、わざとだったらあり得ねぇ」

薊が呆れたように呟いた。

「あの、迷惑かけてごめん……」

私の髪が薊の頬に届きそうだった。薊の手は、まだ私から離れない。その目が私をとらえるから、スムーズに口が動かない。

「私のこと探してたんだったら、疲れてるんじゃないかって思って……」

息が詰まる。冷や汗とは違う、妙な汗がじわじわと滲んでいる気がした。私、変な顔をしていないだろうか。

「それで」と言葉を続けようとしたら、遮るように薊が口を開いた。

「お前、顔つきが変わったな」

「えっ!?」

今まさに心配していたことを指摘されて、頬が引き攣った。というか、顔つきが変わっているとしたら薊のせいだと言いたい。

腕を掴んでいないほうの手で、薊が私の流れた髪を耳にかける。それがあまりに優しい手つきだったので、余計に妙な意識をしてしまう。

そのうえ、目を逸らすことなく真っ直ぐ見上げてくるから、胸がどこか息苦しい。死んでいるから、息苦しいというのは変だけど。

その口が薄く開く。何を言われるのかわからず、思わず顔が強張った。

「青天目に、何を言われた」

「何って……」

「もう、徳を回収しなくてもいいとか言われたのか」

「え……」

「それとも、俺とのペアを解消していいって言われたのか」

不思議な顔をして見下ろすと、薊は不愉快そうに「チッ」と舌打ちをする。

「……勝手な奴だ、いつも」

「誰が？」

「青天目だよ。勝手に決めて、いつも人のやることに口出ししてきて、楽しんでる」

そうぶつぶつと愚痴を吐き出す薊の手に、力がだんだんこもっていく。掴まれている私の腕がミシミシと軋《きし》んだ気がした。

「腹が立ってしょうがない」

「薊は、青天目さんが嫌いなの？」

「……なんだよ、それあいつが聞いてこいって言ったのか」

「違うよ、私が聞きたいと思ったから」

なんとなく知りたかったのだと口にすれば、薊は納得のいかなそうな顔をしながらも、「別に」と小さな声で答えてくれた。

「苦手だと思ったことは何度もあったけど、なんでか嫌いだと思ったことは一度もない」

「そう、なの」

頷きながら、私は薊の元に来た目的を思い出す。

「そうだ、薊、あのね！」

顔を上げれば、未だ私に押し倒されたままの薊がこちらを見上げていた。

「まず先に、お礼をしたいの！」

「は？」

「頭突きしてもいい？」

「はぁ？」

嫌に決まってんだろ、と訝しげな顔をされる。けれどこれしか方法は浮かばない。

私は「いくよ」と身体を薊に近付けた。

そこで思い出したけど、私は薊を押し倒した体勢のままだ。思いがけず薊の顔が目の前にきてしまう。

薊は薊で驚いたように私を見上げ、同じく言葉に詰まっているらしく口を開いたまま固まっていた。

瞬間、腕輪がほんのり白く光る。

「えっ」とそちらを見た私に続いて、薊も動揺したように声を上げた。同じ感情になったのかはわからないけど、なんにせよ、痛みを感じずに力を渡せるチャンスだ。

いけ、移動しろ、私の力！　どれくらいあるのか知らないけど。

私の腕を握っていた薊の手に自分の手を重ね、そこに集中する。

「馬鹿やめろ！」

薊が途中で手を振り払う。

「なんで止めるの!?」

「馬鹿か！　そもそも力の少ないお前が俺に渡したら元も子もないだろうが！」

「でも、薊疲れてるんでしょ？」

「はあ？　ふざけんな、どんな柔な奴に見えてんだよ俺は！」

「私を探してる間、もしも飛びっ放しだったらって思って……そしたら疲れてるだろうし、それで機嫌が悪いのかなって思ったから……」

振り払われた腕を取り、ぎゅっと力を込めた。

私の力を分けてあげようと思ったんだ。

誰かの力になりたいなんて、今までなかった。どういう風にこの気持ちを伝えればいいんだろう。

「少しは力にならせてよ……」

「お前」

薊が少しだけ戸惑ったように口を開いた。

そのとき、

「仲良しだね、ふたりとも」

「……えっ!?」

はっと顔を横に向ければ、にっこりと笑顔でこちらを見下ろす青天目さんがいた。

一瞬、反応が遅れた私たちは慌てて距離を離す。

「いやあ嬉しいな。一匹オオカミで通ってた薊がこうして誰かと仲よくしてるなんて。感慨深いよ」

「一匹オオカミ?」

「うん。だってほら、薊って見るからに無愛想でしょ？　だからここに来たての頃は、いろんな人に言われたよね」

「青天目！　お前、何しに来たんだ！　暇なのか！　つうかなんでわざわざこいつを歪に連れていったんだよ。ちゃんと説明しろ！」

わなわなと手を震わせ、薊が吠える。対して青天目さんは、「ううん、まさか暇なわけないよ」とあっけらかんと笑っていた。

「実は私もね、雨賀谷さんと一緒にザンシ課の仕事でもしようかと思ってね。今の現状を知りたくて雨賀谷さんを借りたんだよ」

さらりと嘘をつく青天目さん。薊は疑惑の目を向けつつ息を吐いた。

「前から思ってたけどお前、やけにこいつにかまうよな。どうしてだ」

「……それは」

青天目さんが、もったいぶるように間を空けた。そして、私に向かってゆっくりと手を伸ばす。

「私と雨賀谷さんは〝約束〟をしてしまったからね」

「わっ」

ぐいっと磁石に吸い寄せられるように私の身体が背中側から勝手に動き出す。そしてそのまま私はぽすりと青天目さんの手の中に収まってしまった。

え、ちょっと待ってなんで抱き寄せられてるの。

「それじゃ薊。しばらく、雨賀谷さんを借りるね」

「おい青天目……」

こちらを見上げる薊と目が合う。彼に向かって、青天目さんはふふっと微笑むと手を上げて、

「それじゃ、束の間の休暇を楽しんで」

青天目さんがぱちんと指を鳴らすと、風が起こって渦を巻くように私たちの身体を包み込んだ。

突風の向こう側から、薊が何かを必死で叫んでいるように見えたけれど、私には何も聞こえなかった。


「あーっはは！　見た？　あの薊の必死そうな顔。傑作だったねえ」

「笑い事じゃないですよ！　あんなの誰だって驚きます！」

「いやあ、珍しい顔をするもんだ。あの子があんな顔するなんて初めて知ったよ」

青天目さんは真っ白な服を翻《ひるがえ》しながらケラケラと笑っていた。

「さて、雨賀谷さん」

「……はい」

「時間がない。帳簿の用意はできてるかな」

ひとしきり笑ったあと、青天目さんは私とゆっくりと向き合った。

空は雨模様。

鉛のような薄暗い空の下で、青天目さんの姿だけが白く輝いている気がした。

「行こうか、私のお悔やみを綴りに」

死にたがり

「人が生きていけるのは繋がりがあってこそだと思っていてね」

　目的の場所まで案内されている途中、青天目さんがふいにそう切り出した。

「予期せぬうちに、気付かぬうちに、その繋がりはできる。そしてそこから生まれた感情が、誰かを大切に思う気持ちだと思っているんだ」

　人は知らないうちに、誰かを大切に思っている。それはなんとなくわかる気がした。だからこそ私は、手紙を届けているとき、ザンシ課の仕事をしているとき、幾度となく心が打たれてきたのだ。

「かく言う私にも、大切な人がいたんだ」

「……」

「いやあ、それにしても久しぶりにうつし世を飛んでいると、いろいろ見たくなるね」

　話を変えるように声を張り、青天目さんは辺りを見回していた。この世界を初めて見たわけでもないだろうに。

「ほら！　雨賀谷さん、海だよ」

「ああ、本当ですね」

ぱっと顔を明るくさせて「見てごらん」と笑いかける青天目さんは、まるで子供のようにはしゃいでいる。

「晴れていれば、もっと綺麗だったろうね」

そしてその垂れた横髪を耳にかけながら、そっと呟いた。

「雨賀谷さん、君はこのうつし世を見てどう感じるかな」

「藪《やぶ》から棒ですね」

「そうでもないよ。君もここへ来てからうつし世についていろいろ考えたはずだ。いや、考えてしまった、と言うべきか」

「……青天目さんは、考えたんですか」

「考えたよ、もちろん。うつし世には心を動かされることがこんなにあるんだと知って、死んで初めて、世の中についていろいろ考えたさ」

青天目さんの白い服がゆらゆらとはためく。

「私も、君と同じようにいろんな人たちのいろんな思いを綴って、そうして届けて、たくさんのことを知った。それこそ、生きていたら知り得ないことを」

「………………」

「人の思いに触れてしまうと、どうしても自分について考えてしまうから」

「そうですね、それは……わかります」

素直に頷いてしまった。

ここに来て、私は自分の人生を何度も何度も思い返していたからだ。

例えば、平凡な毎日を。

例えば、気分の沈んだ日常を。

ろくでもない小さな思い出を、望遠鏡で丁寧に覗き込んでいるような妙な気分になる。

見栄を張りたくなるような、憤怒を覚えるような、それでいて泣きたくなるような、おかしな気分になるんだ。

「雨賀谷さん、私は死にたがりの人の心がいつまでも晴れないのは、自分の人生を幸せなものだったと認めたくないからだと思っているんだ」

「幸せを認めたくない？」

「自分の人生が幸せだったと認めると、死んでしまって後悔していることに嫌でも気付いてしまう」

心の中を、隅々まで読まれてしまったような感覚だった。青天目さんの言葉が重くのしかかる。

「私も同じような経験をしているから、痛いほどわかるよ。君の気持ちが」

改めて、青天目さんが私と同じような人だったのだと感じた。同じように悩んで、傷ついて、そうして後悔を糧に今を過ごしているのだと思った。

「素直じゃないのさ、私たちは」

すいすいと先を行き、私を待とうとしない。その姿が、薊と重なった。

「ほら、着いたよ」

すっと指でそこを差し、青天目さんは目を細めた。どこか懐かしむような眼差しの先にはひとつの建物がある。

海の近くで、緑に囲まれ、まるで物語にでも出てきそうな白く綺麗な建物。その建物の窓のひとつ。カーテンがなびき、穏やかな風を室内に取り込んでいる部屋がある。

病室のベッドの上で、男の人が静かに眠っていた。

私はその姿を窓の外から見下ろし、息をのむ。

「見えたかな」

「…………」

「彼が、私の弟」

ときどき、似ていると思っていた。

後ろ姿や表情が重なったり、話しているときに一方の面影を思い出すこともあった。

「弟の名は、羽賀《はが》流《みずゆき》。人間としても、珍しい名前でしょう？」

ここに来てからの日々をひとつひとつ思い出しながら、そこに横たわる人間を眺めた。この目で見るまでは、正直信じられなかった。

その人は私が知る彼よりも少し大人っぽい顔つきで、髪が長くて、どこかやつれているようにも見える。

言葉が見つからない。ただ、ゆっくりと、私は私が知っている名前を呼んだ。

「あざみ……」

雫のように落ちた名が、空気に溶けて消えた。

「どう？〝人間のあいつ〟は、ちょっと大人でしょう？」

青天目さんは、冗談めかした口調で笑っていた。

＊＊＊

——私は君に、最後の仕事として頼みたいことがある。

青天目さんが六十年分の徳はあるはずと、私に託した最後の仕事。歪を通ったあとに彼は私にその内容を話してくれた。

「植物状態で目覚めない弟に、どうしても伝えたいことがあるんだ」

それを聞いて、しばらく固まってしまった。

青天目さんは死神だから記憶はないはずなのに、と思ったと同時に、やっぱりこの人も元は人間だったのだと感じたからだ。

「弟……?」

やっと声を出した頃には、大分間が空いていた。

「私は小さな頃に両親を亡くしていてね、父方の伯父と伯母に引き取られたんだ。だからちゃんと血が繋がっている唯一の家族が弟だけだった」

世間話でも話すかのように、けれどどこか懐かしそうに青天目さんは続けた。

「身体が弱くて家に引きこもりがちだった私と違って、弟は健康だった。幼い頃から入退院を繰り返してばかりの私を元気づけようと、弟はいろんなところへ私を連れていってくれるような子だったんだよ」

私はただ彼の話の続きを聞く。

「近所の空き地から始まり、公園の草むらに路地裏、学校の裏側に、ときには電車に乗って隣の駅まで、その先へ続くどんな街にも臆せず連れていってくれた」

「活発な子だったんですか?」

「私に比べたらね……でも今思えば、私に合わせていろんなところに出かけていたように思うよ。とても優しい子だったから」

「それは聞いていて、なんとなくわかります」

話を聞くだけで、その弟さんがどれだけ青天目さんを思っていたのかがわかる。青天目さんが弟さんのことを話すときの表情を見ても、弟さんを大切にしているのだと伝わる。

「私の調子が悪くて動けないときは写真を撮ってその景色を教えてくれた。私の知らない土地を、知らない世界をフィルター越しに見せてくれた。私にとって、弟は世界を知る術だった。神様のような存在だったよ」

大げさな言葉に聞こえるけれど、冗談じゃないのだろう。

もしも私が動けず、いろんな世界を教えてくれる人が寄り添ってくれたなら、私だってその人のことを尊敬し、心から感謝をしていたと思う。

「だけど、私はそんな優しい弟に、取り返しのつかないことをしてしまった。恩を仇で返すとはよく言ったものだよ」

「どういうことですか？」

「強くて優しくて気遣い屋で、でもどこか素直じゃない私の大切な弟。なのに、私の心が脆弱《ぜいじゃく》で愚かだったばかりに、彼をこちら側に連れてきてしまった」

「連れてくるって……」

まさか、と青天目さんに目を合わせれば、彼はやるせなさそうに笑った。

「私の弟は、雨賀谷さんもよく知っている」

そう言われた瞬間、胸がざわめいた。

「薊だよ」

え、と言う声が喉の奥で消える。だって青天目さん、弟は植物人間と言っていた。

それなら薊はまだ……。

「うつし世と繋がってるんだよ、あの子は」

「繋がってる？」

「雨賀谷さんは、どうして私が彼を見習いに降格させたと思う？」

青天目さんが脈絡なく訊ねてくる。

「それは、私の命を間違えて狩って……」

「あれは、間違えたわけじゃないんだ」

「え」

「あれはすべて、私が仕組んだことだったんだよ」

何を言われているのか、理解するのにしばらくかかってしまった。

「あのとき、君が助けようとしていたおじいさん。あの人、青山為五郎さんははじめから存在しない、私が作り出した架空の人物だったんだ」

「え、それってどういうことですか？」

「人に見えるように姿を変えた私だったってことだよ」

「でも仕組んだと言っても……もしあのとき、私がおじいさんを助けようとしなかったらどうしたんですか？」

「んー、どうしただろうね」

呑気な声色に、がくりと肩を落としそうになる。計画性が感じられない。呆れた顔をしていると、青天目さんはくすくすと笑って「と言うのは嘘」と指を立てた。

「君はきっと助けたよ。〝そういう人〟だからね」

それはまるで私を昔から知っているかのような口振りだった。

「そんなこと言われてもわからないじゃないですか……私、けっこう淡泊だと思うんですけど」

「淡泊な人間が、優しくないとは限らないだろう？」

青天目さんは静かに優しく笑った。

「さっきも話したけど、私たちのような死神は人であったときの記憶がない。未練のある者はうつし世をさまよう浮遊魂となり、そうでない者は思い出すまで死神として働く、そうやって分けられているだけなんだ。結局行き着く先はみんな同じだから」

そこで青天目さんはひとつ息を吐き、

「私はそれをすべて思い出してしまった。だから、もう私に残されている時間は少ないんだ」

そう続けた。

「薊が、死神としてこの世界に留まっているのは私のせいなんだ」

青天目さんが睫毛を伏せる。

「私が、あの子をこの世界に引き止めてしまっているんだよ」

さっきから物音ひとつ聞こえない。こちらの世界は、こんなにも静かだっただろうか。

「あの日、私は弟と遠出しようと外へ出かけた。バスに乗って日帰りで戻るつもりだったんだ」

「…………」

「出先で初めて海を見たよ。あんまり綺麗だから海辺を走ろうとしたら身体を心配されて、弟にははしゃぎすぎるなと注意された」

青天目さんの口調はずっと変わらない、けど。

「帰りのバスでは、窓から見える海を眺めた。名残惜しそうに見ていたからか、また来ればいいだろ、と呆れられた。次があるからとなだめられているようで、嬉しくて、憎らしかった」

「憎らしかったんですか？」

「憎らしかったよ。だって、まるで当然のように『また』なんて言うから。……あれは、弟なりの気遣いだとわかっていたけど、兄らしいことが何もできない自分が歯がゆくて悔しくて、そういうのが入り混じって、弟が憎いと思った。私のために、尽くしてくれた弟のことを。……救えない兄だろう」

悲しげな声が鼓膜にこびり付いた。とても寂しそうな声だった。

「でも、嬉しかったのも本当なんだ。だけど、そこからはあまり話せなかった。あんなに楽しかったのに、なんだか言葉が見つからなかった」

泣き出しそうな顔で笑って、青天目さんはゆっくりと言葉を続けた。

「私は弟に、ありがとうと言うべきだったのに、言えなかったんだ」

後悔の滲んだ言い方だった。

「私はきっと死んでしまう。弟よりもずっと早く。そう思ったら今死んでやろうか、明日死んでやろうかって……そればっかり考えて、考えては後悔して、死ぬのがとても怖かった」

青天目さんの言葉が痛いほど私に突き刺さった。その気持ちがわかるから。

こんなことを考えて、本当に死んだら笑えないと少し後悔するくせに、それでもときどきこの世から自分がいなくなることを無性に考えてしまう。

「笑えるだろう？　こんなに偉そうにしといて、私は死にたがりだったんだ。雨賀谷さんとおんなじ。生きたいくせに死にたくて、死にたいくせに生きたくて、いつも矛盾を抱えて生きてきた」

だから、罰が当たったのかもしれない。そう告げる青天目さんの声が切なそうに揺れていた。

「雨賀谷さん、私は私のせいで、寝たきりになっている弟に、死んだつもりでいる薊に、伝えたい言葉があるんだ」

「…………」

「どうか、手伝ってほしい」

青天目さんが丁寧に頭を下げた。

なんの力も持たない私に。ただ真っ直ぐに。

その姿があまりに正直で、そして凛々しかったから、私は迷いなく頷いた。だけどそのとき私は、なぜだか少しだけ悲しくなったのだ。

＊　＊　＊

あそこに横たわっている人――青天目さんが話してくれた弟が薊だ。

いざその姿を目の前にしてしまうと、どうすればいいのかわからなくなった。そんな私を横目に見て、青天目さんは短く笑った。

「あの子へ、手紙を書くのは嫌かい？」

「……え」

「君は、薊を気に入ってくれたんだね」

「いや、そんなこと……」

「ありがとう」

青天目さんが力強い声で言う。本当にお兄さんなんだと思ったら、そんなことないとは言えなかった。

「君が、君でよかった」

前までの私だったら、そんな歯が浮くような台詞《せりふ》、なんて思っていた。だけど相手が本心から伝えてきてくれたのがわかったとき、心にじんわりと響くんだ。

私が私でよかったと言われて、照れくさくても、嬉しくないわけがなかった。

病院から少し離れて、青天目さんのお悔やみを綴るために帳簿を出しながら、私はひとつ疑問に思ったことを聞いてみた。

「でも、どうして私を……」

「それは」

「見つけたぞ、青天目！」

次の瞬間、金属がぶつかるような鋭い響きを含んだ声が、辺りに響き渡った。

はっとして見上げれば、肩で息をする薊が上空からこちらを見下ろしている。

「薊……」

「もう見つかったか」

溜息を吐き出し、青天目さんは残念そうな声を上げた。

「お前、なんで春子を……」

「別にいいじゃないか。私だって、たまには女性と息を抜きたくなるものさ」

何言ってんだ、と大きくを口を開きながら、こちらに向かって飛んでこようとする。

それを制すように、青天目さんが先に薊の元へ向かって飛んだ。

「休暇だって言ったはずだよ」

「急にそんなこと言われても納得できるわけないだろ。そもそもお前がそいつと徳を集めろって言ったのに、なんで……」

「そんなに必死に探してまで、雨賀谷さんと離れたくなかったんだね」

「どうしてそうなるんだよ！」

「冗談だよ、薊はなんでも素直に受け取るなあ」

おもしろがるようにふふ、と笑って、青天目さんは服の裾を翻した。

「そうだ、薊。そろそろ、雨賀谷さんに言ってあげてもいいんじゃない？」

「は？　何を……」

「ときどき様子を見に行ってあげてたでしょう、彼女の……」

青天目さんがそこまで言ったとき、薊はぎょっとした顔を作った。

「なんでもお見通しだよ、薊のことは」

くすくすと笑う青天目さんを私は後ろから眺める。なんでも、本当になんでも、なのだろう。

薊のことだけは、この人にとって。

「本当、いけ好かねえ」

「どういたしまして」

「褒めてねえ」

舌打ちをして怒る薊に、青天目さんが「しかたないな」とわざとらしく首を振った。

「薊のわがままに免じて、少しだけ雨賀谷さんを薊に返すよ。ただし夕方まで。こちらも時間がないからね」

「時間？　……あっ、青天目！」

「それじゃ、またあとで」

言い返す暇さえ与えてくれない。風を身に纏い姿を消した青天目さんにすぐに反応できなかったけど、一瞬だけ私を振り返った青天目さんを見て、ああそうか、と頷いた。

「何がしたかったんだ、あいつ」

「薊！」

「なんだよ」

突然大声をかけられたからか、驚いたように後退する。尻尾がびんっ、と反応していた。猫のような反応に笑いそうになりつつ、

「ねえ、さっき青天目さんが言いかけていたこと、何？」

「……別に」

目を逸らし、明らかに『別に』という顔をしてない薊に呆れてしまう。

「教えてくれたっていいでしょ」

ずいっと薊へ詰め寄る。すると薊は少しだけ戸惑うように何かを言いかけ、そうして、

「……言ってもいいけど怒るなよ」

諦めたように溜息を吐いた。

「あと、教えたら、お前らが何してたかも、ちゃんと言えよ」

なんだ。無理矢理聞き出そうとはしないんだな。強引そうに見えて、ちゃんと相手の出方を待つ。そうだ、それが薊だ。

「うん。わかった」

それならちゃんと約束しよう。

「約束――」

小指を立てた瞬間、昔の映像が明滅しながら頭の中を駆け巡った。断片的で、それがどういった場面なのかは具体的に思い出せない。

昔、誰かとこんな風に約束を交わした気がする。

「どうした」

「え、あ……いや」

首を振って、蓟を見上げる。なんだろう、何かがひっかかる。

私は、とても大切なことを忘れている気がする。

救いの死神

「お前がどうして死にたがりだったのか、たまに考えてた」

ついてこい、と言われてからずっと空の上を浮遊している。最初の頃と比べて、私の浮遊は大分安定していたけど、やっぱり自由自在に宙を飛んでいる薊には到底及ばないなと思った。

ぽつりぽつりと言葉を続ける薊は、憂いを帯びているようでなんだかいつもの彼らしくなかった。

「俺たちは死んでも死にきれないまま、転生もできず徳にもなれず、こうして死神という名前を与えられてさまよっている。だから生き返る可能性があるくせに死ぬことを望むお前みたいな奴が嫌いだった。生きようとしないお前らが理解できなかった」

私は少し後ろでその話をただ黙って聞いた。

「どうして自分を軽んじるのか、理由を知りたいと思った。そういう考えを持つ奴もいるってことを、知っておくべきだと思った」

誰かを否定するなら理由を知ってから。

誰かを賞賛するならそれがどれほどのものなのか自分で知ってから。

そういう律儀な〝人〟が薊なのだと思った。

進んでいくと、私にとって見覚えのある街が視界に映る。

「薊、もしかして……」

「詮索しようと思ったわけじゃなかったけど、結果的にそうなった。悪かったな」

そういえば、薊がいなくなる瞬間がときどきあった。薊なりに私のことを理解しようとしてくれていたんだ。

「お前を探す前に、ここに寄ってた。……見ていくか？」

何も言わずに固まったままの私に、薊は探るように訊ねた。ブロックのように並べられた街の中、私の家の屋根がひっそりと見えていた。

できれば近寄りたくはなかった。

私がいなくなってから、家はどうなってしまっているのか。

正直、どうもなっていないのではないだろうか。

変わらずみんな笑顔で、楽しく暮らしているのではないだろうか。

そんな現実を確かめたくなくて、ずっと、見ないふりをしていた。

「お前、徳を集めたらどうするつもりでいた？」

薊に訊ねられ、はっと顔を上げる。

「集めたら、どうするつもりだった？」

薊が今一度、言葉を粒立てる。

六十年分の徳を集めたら、私は――。

「お前は、なんだかんだ生き返りたい、そう言うんじゃないかと思ってた」

「…………」

「それで、もしうつし世に戻ったとき、そこがお前にとって今までと変わらない世界だったらまた無駄なことを考えるんじゃないかと思った。だからお前が生きてた頃より、そこが住みやすい世界に変わっていたらいいと思った。ときどき様子を見に行ってたけど、俺はそもそもお前が生きてきた世界を知らないから比較しようがない。あの光景がお前の目にどう映るのかは正直、わからない」

「薊……」

「でもあれがお前にとって、マイナスになるとも思えなかった」

薊が、私の前に回り込んできて、一気に私たちの距離が近くなる。その手に触れたい、なんて少し思ってしまった。

「お前は、あの家が嫌いか？」

「……嫌い」

「本当に、嫌いか？」

「嫌いよ」

「学校は？」

「……大嫌い」

「友達は？」

「……そんなもの、いない」

「本当に？」

「………」

「春子」

名前を呼ばれて、びくりと反応してしまう。

怒るでもなく呆れるでもなく、流れるような優しい声色。そんな風に人の名前を呼ぶなんて、薊はとてもずるい。

「お前は、もっと周りを見たほうがいい」

「………」

「もっと、周りを頼りにしてもいい気がする」

「気がするって……」

「しかたないだろ。俺はお前のこと、まだよく知らない」

呆れたように息を吐き出し、薊は「で？」と口調を強めた。

「どうする？」

「薊は、見てもいいと思ったの？　本当にそれは、私にとってマイナスにならない？」

「それは、まあ。たぶん」

「はっきりしないな」

「だって、俺はお前じゃないからな」

薊のその手が今度は私の頬に触れた。

「決めるのはお前だ」

俯いていた顔を上げる。薊が、真っ直ぐに私を見下ろしていた。綺麗な赤茶色の目が、ゆらゆらとまるで朝焼けのように静かに揺れている。

自分の家が、ここからじゃ模型みたいに小さく感じる。

きっと、死んですぐの頃だったら見ようとも思わなかった。

「……行ってくる」

自分がいなくなったあとの世界を見ることが、こんなに勇気がいることだとも思わなかった。

「大丈夫だ」

薊がずいぶん落ち着いた声で言う。そんな声も出せるんだと、少しだけ驚いてしまった。こんなことを言ったら、薊は怒りそうだけど。

「見ててやる、ここから」

「……うん」

短く頷いた。ありがとう、とは照れくさくて言えなかった。

私から不自然に顔を逸らしている薊も、きっと同じような気持ちだったのだと思う。

久しぶりに見る家の門は相変わらず綺麗で、毎朝きちんと拭かれているのだろうと思った。

今思えば、綺麗好きな人だった。私と父がふたりきりの頃は薄汚れていた家も、ふたりが来てからは大分綺麗になったように思う。

心なしか空気が澄んでいて、そういったところが嫌だと思っていたのだ。

死んでから初めて、家の敷地内に足を踏み入れる。この大して広くもない一軒家に、私たちはかつて四人で住んでいた。

「お母さーん、マルがごはんだって」

毬花の声がした。

はっとして横を向く。普段と変わりない毬花の姿に、少しだけ胸の奥が冷えた感覚がした。

サンダルに足を通し、そのまま庭に出てきた彼女は一直線に犬小屋のある方へと向かった。私の家には犬がいた。小さな頃から大事に育てていた柴犬のマル。

今では老犬になってしまったけど、餌をあげるのは私の担当だった。

「……マル」

思わず声を零した瞬間、寝ていたマルの耳がぴんと立った。その黒目がかっと開き、私を見た気がした。

ワンワンッと大きな鳴き声が庭中に響き渡る。毬花が驚いたように「どうしたの？」とその傍らにしゃがみ込んでいた。

マルは昔、母がいなくて寂しいと嘆いた私のために、父が連れてきてくれた。

『今日は、春子にプレゼントがあるんだ！』

『えっ何？』

『きっと喜ぶぞ』

父は背中側から小さな子犬を私の前に差し出した。

キュゥ、と喉を鳴らしこちらを見上げる柴犬は転がっていきそうなほど丸い身体をしていて、私はすぐにマルと名付けたのだ。

『これで寂しくないだろ』

そう言って笑った父の顔が未だに忘れられない。寂しいのは私だけじゃなかったんだと、とても安心したことを覚えている。

昔のことを思い返しながら玄関を抜け、廊下を歩く。そんなに時間が経ったようにも思えないのに、ひどく懐かしい気がした。

壁にかかったパズルの絵も固定電話の横に置かれたガラスのペン立ても、私が生きているときと変わらないはずなのに、何もかも遠い景色のようだった。

階段を上がってすぐ、右の手前に私の部屋がある。引き寄せられるようにそちらに足を向け、自分の部屋へ入った。

机の上には私の手帳が置かれている。そういえば、あの日は鞄に入れなかったな。

そこは、あの朝に見たままの部屋だった。

私がこの世からいなくなって、いったい何カ月が経ったのだろう。ずっと変わらないまま、この部屋だけ忘れられたように時が止まっていたようだった。

すると、誰かが階段を上がってくる足音が聞こえた。トン、トン、とゆっくりとした足音。

足元を見ながら部屋に入ってきたその人――道葉さんが、私の横を通り過ぎる。

空気を入れ換えているのか、窓を開ける。心地いいあたたかな風がレースカーテンを揺らした。

「おはよう、春子ちゃん」

突然のことで喉の奥で息が詰まった。窓の外をしばし眺めていたと思ったら、道葉さんがそっと呟いたのだ。

「今日は天気がいいわね」

今ここにいる私に言ったわけではないらしい。その顔がこちらに向くことはなかった。

「春子ちゃんが好きそうなお花を昨日買ってきたから、あとで見に来てね」

まるでそこに私がいるかのように、優しい声で話しかけている。カーテンに包まれるその小さな背中を、私はただ静かに眺めた。

ずっと、こんな感じだったのだろうか。

私がいなくなってから、ずっと。

どのくらい時間が経っただろうか。ようやくそこから離れた道葉さんは、部屋に入ってきたときと同じように私の横を通り過ぎた。顔は少しやつれていて、背筋も丸まって見えた。

リビングに行くと、新聞を広げる父の姿。そして毬花がちょうど外から戻ってきているところで、道葉さんが台所に立っていた。

決して会話がないわけではなかったけど、やけに静かに感じる。この家で迎える朝は、こんなにもしんみりしていただろうか。

「ねえ、お母さん。今日は何色のお花にするの？」

「青い花にしようかなって。ほら、春子ちゃん。ピンクとかより青が好きだったでしょう？」

「うん、お姉ちゃんっぽいね」

コップに小さなお花を添えている母に、毬花が小さく笑った。

父の方を見ると、黙々と新聞を読みながらマグカップを口に運んでいる。

そのマグカップは私が昔、父にプレゼントしてあげたものだ。

仕方なく使っているものだとばかり思っていた。私がいなくなっても変わらず使ってくれてるんだ。

奥の和室に、花を持った道葉さんが向かう。毬花も速足でそのあとを追った。

和室の角には、真新しい仏壇があった。

薊とは違い、私は完全にこちらの世界で死んでいるんだとあらためて実感した。そこには、間違いなく私の遺影がある。

そしてその前にふたりが並んで座っていた。手を合わせて、今まで見たことがない悲しげな顔で、私の仏壇に向かって祈っている。供えられた花の横には、私が好きな和菓子も置いてあった。

「お姉ちゃん、マルにごはんあげといたよ」

「春子ちゃん、今日のお花、気に入ってくれるといいけど」

それは触れたら壊れそうなほど、悲しげで、切ない声だった。

苦しくなって、ふらふらと部屋を出て父のいるリビングへ向かった。よく見れば、食器や洗濯物、玄関に置いてある靴や洗面所に置いてある歯ブラシ、いろんなところに私が使っていたものがある。

忘れられることなく、私が残っている。

「そういえばこの前来た春子ちゃんの学校の子、この前道端でばったり会ったの」

「お姉ちゃんの仏壇にお菓子お供えしていってくれた人だよね、ひとつ結びの！」

「ううん。その子とはまた別の、身長が高い子だったわ」

母と毬花がリビングに戻ってきながら、そんな会話をしているのが聞こえた。

聞き間違いだと思った。学校の子が、私のためにわざわざ来てくれたっていうの？

信じられない気持ちが先行して素直にその言葉を受け取れない。

「毬花、そろそろ学校へ行く準備をしたほうがいいんじゃないか。遅刻するぞ」

「うん」

「母さん、私はもう行くよ。食器は水につけといたからね」

「ええ、ありがとう。いってらっしゃい」

道葉さんが立ち上がり、父の元へ向かう。毬花も走ってその脇を通り抜け、自分の部屋へ向かった。

私は家から出ていく父のあとを、思わず追いかけた。

父の会社までの道は、私の通学路と途中まで一緒だ。よく知った道を、初めて父と並んで歩く。

駅に辿り着き、電車に乗った。

そういえば、最期の朝もこうして駅の改札を通ったな。ただ、あのときの私は何も考えていなかった。

父は混み合った電車の中で、ただぼうっと窓の外を見ながらつり革を掴んでいた。

何駅か通りすぎたあと、乗り換えのために父が下車をする。そこは、私が薊に魂を狩られたホームだった。

電車があの日と同じように走っている。たくさんの人があの日と同じように忙しなく歩いている。

そんな中、父だけがぼんやりとホームのベンチに座っていた。その空間だけが、同じ時間に留まっているように見える。

私がいなくなっても、世界は変わらず動いているはずなのに……こんな形で思い知る。

こうやって、私がいなくなったら、世界が止まる人だって少なからずいる。

悲しむ人なんていない、そう思っていても誰かの心にヒビを入れることだってあるのだ。

「……春子」

騒音の中で、雨粒がぽつりと地面に落ちるように小さく声が響く。私の耳にだけはその声がくっきりと聞こえた。

「お父さん……」

私はここにいるのだと伝えられたら、どんな反応をするのだろう。

ここにいるんだよ、とその肩を叩いてあげたらどんな顔をするのだろうか。

驚いて『なんだ、いたなら言ってくれ』と笑ってくれるのかな。それとも『勝手にいなくなるんじゃない』って怒るのかな。

そしたら、思いっきり謝ろう。頭を下げて、ごめんなさいって許してくれるまで謝り続けよう。

帰り道にお詫びのケーキを買って、今度は道葉さんや毬花に『ごめんね』って謝るために家に帰ろう。みんなきっと、一日じゃ許してくれないだろうから、毎朝『おはよう』と一緒に『ごめんね』を添えよう。

だからね。お父さん、

「泣かないで……」

泣かないでよ。もういい年なんだから。

こんなベンチで泣いていたら笑われちゃうよ。

「お父さん、お父さんってば。私はここにいるよ、ここにいるんだってば」

伝わらない。伝わるわけない。

いくら肩を叩いても、たくさん声をかけても、何も伝えられない。

「お前のこと幸せにするって、約束したのになぁ」

父が独りごち、自嘲気味に笑った。瞬間、私は手を止め父を見た。

ああ、なんだろう。この感情は。

焦って、込み上げてくる――。

「私は、ここにいるんだってば……っ！」

もどかしいという感情がこんなに心を占めたのは初めてだ。

『お母さんがいない分は、お父さんが春子を幸せにするからな』

幼い頃に、何度も何度も父はそんなことを言っていた。

高校生になってからは、あのときの父の言葉を嘲笑った。

だってお父さんは結局、道葉さんや毬花を選んだじゃない。私のことを幸せにするなんて、嘘だったんだって思った。

結局自分の幸せは自分にしか作ることができないんだって思っていた。

でもね、今ならわかるよ。

なんでああ言ったのか、お父さんがどれほど私を思ってくれていたのか。

誰かが誰かの幸せを願う姿を、私はこっちでたくさん見てきたの。

だから、だから今なら——。

ふらりと、父が突然立ち上がり真っ直ぐに歩き出した。

その名を呼ぼうとしたけれど、がらんどうな身体は吸い寄せられるように線路へ向かっている。

胸がざわざわとした。背筋が冷やりとして足からすっと力が抜ける。

「待ってお父さん！　そっちはだめだよ！　電車がくるよ！　ねえってば！　なんで聞こえないの⁉　お父さん！　お父さん！」

必死で叫ぶ。縋り付くようにその身体の前に行く。腕を掴もうとしても、前を立ち塞いでも、止めることなんてできない。

私の力じゃ、声を届けることはおろか、大切な人に触れることすらできないんだ。

あの日と同じようにレールのこすれる音が近付いてくる。耳をつらぬくような警笛が鳴る。

死んだ私には、どうすることもできない。

目の前の大切な人を、守れもしない。

助けて、助けて……誰か。

誰か、助けて。

ぶわりと風が吹いた。私をホームの外に押し出したあのときと同じような。

風に吹かれてホームの内側まで押し戻された父の前を電車が通過する。そしてその上空には——。

「あざみ……」

「あのなぁ、本気で困ったらまず人に助けを求めろ。お前は視野が狭すぎる」

少し上から、私を見下ろす。

勝ち気な体勢で、本気で私を叱ってくる。偉そうに見えて、そうは感じないから不思議だ。

「これでわかっただろ、お前が……春子がこの世からいなくなって、悲しんでいる人間がいるってこと」

「………」

「わざわざお前の家を訪ねていたクラスメイトだって、お前の死に少なからずショックを受けていたはずだ」

さっきは素直に受け止められなかった、道葉さんと毬花の会話。

「もう一度聞くぞ」

さっきとは違う、ふわりとやわらかな風が周囲を舞った。

「お前は、徳を集めたらどうしたい」

鼻の奥が熱い。唇を噛み締めて、ぐっとその姿を見上げた。

黒髪を風になびかせ、黒くしなやかな尻尾を揺らし、その細い身体で堂々とそこに浮いている。

透き通るような綺麗な目が、私をただ真っ直ぐに見下ろしていた。

瞬間、耐え切れなくなった私の目が、円を描くように光る。

それを見て、薊が今度は強気に、そうして偉そうに。

「お前の本当の気持ちを聞かせろ」

ああ、ごめんなさい。ごめんなさい、私。……不甲斐ない自分で。

ごめんなさい、ごめんね薊。

「……たい」

損な役回りを、させてしまったね。

「生きて、帰りたい、私はもう一度、私として、今度こそちゃんと、あの人たちと向き合いたい！　雨賀谷春子として！」

人々の喧騒に負けないように。その気迫に負けないように。大声を張り上げた私の目尻から、たくさんの水滴が落ちた。

「やっと、言ったな」

薊はいつになく穏やかな顔で、静かに流れる雲のように笑った。

なんだ、そんな顔をして笑えるんだ。

そうやって笑う薊の姿は、人間にしか見えない。

「ありがとう……薊」

その薊の顔が純粋に好きだと思った。


父が無事に電車に乗った姿を見届けたあと、私は切り出した。

「六十年分の徳を、一気に手に入れる方法があるの」

意を決して言ったつもりだった。けど薊はすでに知っていたような顔をして驚きもせず、ただ「そうか」と頷いた。

「お前が青天目に連れていかれたときから何かある気がしてた」

そのまま続けた薊に、私は胸で息を吸った。自然と肩が上がり、喉の奥で言い訳を探そうとしてしまう。

「その方法はなんだ」

だけど、言い訳でごまかしてはふたりに失礼だと思った。

「……あのね、薊」

声は、震えていないだろうか。

「一緒に、来てほしい場所があるの」

目を、真っ直ぐに見れているだろうか。

「……わかった」

彼が今どんな気持ちでいるのか私にはわからない。でも、私は青天目さん、そして薊のために自分のできることをしなくてはいけない。

青天目さんと来た病院に、今度は薊とともに行く。薊は近くにある海を眺め、そして空を見上げた。

「雨が降りそうだな」

「そうかな」

日が沈みそうだ。やっぱりうつし世での時間の流れは早い。

私にとっても、薊にとっても、そして青天目さんにとっても、限られた時間が刻一刻と迫っている。

「薊」

あの部屋に辿り着く前に、薊の前に回った。

「変なこと聞くようで悪いんだけど、どうしても答えてほしいことがあって」

「なんだよ」

「もしも、もしもさ」

聞きたくない。聞いてしまえば、この時間が終わってしまうかもしれない。

私は自分で思っていたより、薊と過ごすこの時間を気に入っていたのだ。

だけど、聞かなければならない。ちゃんと終わりに向けて、そしてはじまりに向けて進まなければならない。

「自分が生きているとしたら、どうする？」

薊の目が、驚いたように目を見張る。

青かった空が少しずつ夕焼けに染まっていた。もうすぐ、青天目さんとの約束の時間がやってくる。

「あそこに、薊を連れていきたいの」

ゆるやかに波を打つ海の近く、白い建物を指差す。薊は何も言わず、私を見つめていた。

「あそこにね、薊。あなたがいるんだよ」

そうゆっくりと言うと、薊の視線は私から病院へ移る。驚いているのだろう。彼は、そこをただ静かに見つめていた。

「窓が開いてるあの部屋。あそこに、生きてる薊がいるの。あなたは、死んでなんかいないんだよ」

「俺が生きてる……？」

「そうだよ、あなたは生きてるの」

「……そんなわけ」

薊の言葉が途切れた。その目からは涙が流れていた。

「あれ」

薊が自分の額を押さえる。

「なんで……」

複雑そうな声とともに、また少し涙を零していた。

「ねえ、薊。自分がどんな人間だったか覚えてる？」

優しくそっと問えば、薊は首を振り、「覚えてるわけ、ないだろ」と弱々しい声で答えた。

「覚えていたら、俺は死神なんかやってない。覚えていたら、思い出してしまったら、俺たち死神は徳を持って、輪廻転生をする」

「薊は、自分を思い出すのは嫌？」

「嫌じゃない、だけど思い出したら後悔してることまで思い出すだろ」

俺は、それが嫌なんだ。と、薊は小さな声で言った。

初めて、彼の弱音を聞いた気がする。いつだって勝ち気で、強気で、弱い姿勢なんてこれっぽっちも見せたことなんてなかったのに。薊も、やっぱり人なんだ。

私と同じ。後悔だってするし、現実から目を背けたくなったりもする。

でも、それでも、前を向かないといけないって教えてくれたのは――。

「薊、私ね」

「……………」

「自分を好きになれた気がするの」

薊の震えた手を握る。

「最初は最悪な奴に命奪われたって思ってたけど、今はまったく後悔してない。薊のおかげで、私は自分を見つめ直すことができた。本当の自分を知れた」

包み込んだ薊の手があたたかい。互いの腕についた罰則具が白く光っている。

「だから、薊も大丈夫だよ」

涙を止めた薊が私のことを真っ直ぐに見つめる。

「〝元〟死にたがりな私が言うんだから！」

笑い飛ばすように言えば、薊の表情が少しだけゆるみ、「なんだ、それ」と口を動かした。

「誰かの後悔に向き合ってきた私たちなら、きっと自分の後悔にだって向き合える」

怖いだろうけど、不安だろうけど。

「自分を信じよう」

そうやって前を向こう。未来の自分を信じて、今を生きていこう。

「……よりによってお前にそんなことを言われるなんてな」

薊がそこでようやく手を握り返してくれた。私よりも強く、繋がりを確かめるように。

「俺もまだまだ、世界を知らねえな」

薊が情けなく笑う。だけどその顔はどこかすっきりとしていて、私が見てきた薊の表情の中で、一番印象的だった。

そのとき、周りの空気が変わり、風が強く旋回をはじめる。青天目さんが来るのだろう。とっくに日は沈んでいる。

「……時間か」

薊が顔を上げながら呟いた。

「ねえ、薊」

「なんだ」

「私、青天目さんと、あなたに伝えたいことがあるの」

できれば、できることなら、このまま手を繋ぎ続けていたかった。

だけどそれは叶わない。限られた時間が、もうそこまでやってきている。

「それを今から綴ってくる」

強い風が、私たちを包み込んだ。

「だから、待っててくれる？」

「約束の時間だよ」

青天目さんの声がした。

薊が一瞬そちらを見上げてから私の方に視線を戻す。そして「ああ」と短く頷いた。

私たちの時間はもうすぐ終わりを告げる。

寂しい。そんな気持ちにならないと言ったら嘘になる。それでも、前を向くために、前に進むために、私と薊は互いの手を離した。

そうして薊を残し、青天目さんとともに場所を移動した。

「もう少し、待っていたほうがよかったかな」

「いえ、大丈夫です」

もう十分な時間を過ごさせてもらった。これ以上、わがままなんて言えない。

首を振った私に、青天目さんは「よかった」と安心したように笑った。

「何がですか？」

「薊と仲良くなってくれて」

「え……あ、まあ……」

さっきの光景は、確かにそう見えるか。……そんな風に言葉にされるとなんだか恥ずかしい。どぎまぎと答える私に、青天目さんはくすくすと笑った。人らしく、私たちと同じように。

笑うたび、彼の長い髪がゆらゆらと揺れてその頬にかかっていた。

「なんだか不思議な気分だな」

「何がですか?」

「君とこうして並んでいることがだよ」

どこか遠くを見るようにそう呟き、青天目さんは私の前に回った。

「それじゃあ、雨賀谷さん」

そしてエスコートをするように、私に向かって手を差し出す。

白くて綺麗な、あたたかそうな手だと思った。

私はその光景を、どこかで見たことがある気がする。

「これが君の、最後の仕事だよ」

私は青天目さんの顔を真っ直ぐと見据えて、すっとその手をとった。

青の約束

中学生の頃から僕は弟の手を借りず、ひとりで密かに家を抜け出し街を散策していた。

散策、という名の小さな家出だ。

走ってはいけないという言いつけを破って、息が弾むまで駆けた。弟に教えてもらった道を、今度はひとりで走ってみる。

距離はそんなに走れなかったけど、心臓がバクバク鳴っていることに生きてるんだという実感を得たかった。けれどその分今すぐに死ぬんじゃないかという恐怖心が湧いて、いつも少しだけ怖かった。

汗をかいて喉も渇いて『死んでしまいそう』って思いながら見上げる空に、何度も遠くへ行きたいと願った。

もっと健康であれば伯父や伯母への負担も軽くできるのに。

もっと元気な兄であれば、弟へ心配をかけることも少なくなるというのに。

息をすればするほど、自分がどうしてこの世に生まれてきたのかわからなくなった。

消えたい、死にたい、いなくなりたい。

そんなことばかり考えて、けれど最後にはやっぱり生きたいと思っていた。

『兄さん、おかえり』

幼い頃に両親を事故で亡くしてから、僕と弟はふたりきりの家族になった。本来守らなければならない立場にいる僕は、身体のせいでいつも弟に守られてばかりだった。

十八から二十歳にかけて、病院に入ることが多くなった。

伯父や伯母は僕を大学に行かせようとしてくれたけど、ただでさえ病院でお金がかかるから申し訳なくて断った。それでも引き下がらない伯父たちに、そのお金は弟のために使ってくださいと頭を下げたこともある。

未来がない自分に投資などしないほうがいい。そう言ってしまえば伯父や弟に怒られてしまいそうだと思ったけど、二十歳になった僕は完全に生きることを諦めていた。

四つ下の弟は高校生になったばかりだ。未来はまだまだ輝かしい。

二十歳になってからも、僕はよく家を抜け出していた。

小さな頃のように快活に走ることはできなくなっていたけど、それでも誰も知り得ない自分だけの時間をときどき楽しんでは、まだ自分が生きていることを噛み締めていた。

こんな時間、なんの意味もないのに。

そんなことをぼんやり考えながら、路地裏に入ったときだった。

『うわっ』

誰かが地面に転び、膝を擦りむいていた。小学生くらいの女の子だ。ずいぶん派手に転んでいたから泣き出すだろうと思った。だからとっさに声をかけた。

『ねえ、君、大丈夫？』

戸惑ったように乱れた髪の隙間からこちらを見上げる。手のひらも肘も膝も泥や血だらけだ。腕をそっと掴んで引き上げようとした。

『立てる？』

『……はい』

思っていたよりしっかりした返事だった。泣いてはいない。

思わず見下ろせば、その子はしっかりとこちらを見上げていた。子供らしいくりくりとした大きな目には、空の光が映り込んでいる。

『派手に転んだね、ちょっと待ってね』

ハンカチを出して手渡す。けれどその子は驚いたように僕の顔を見上げたまま、なかなかハンカチを受け取ろうとしない。

それでも戸惑ったように首を傾げたあとに、その子は「ありがとうございます」とはっきりとお礼を言ってきた。とても綺麗な声をしている子だと思った。

『ねえ、どうしてこんなところを走ってたの？』

今は平日の昼間だ。学校も行かず疑問に思わないほうがおかしい。

びくりとその子の肩が揺れた。言われるとわかっていたのか、それとも自分にとって予想外のことだったのか。

『それは……』

小さな声で口ごもるので僕は困って眉を下げる。

『とりあえず傷口、洗おうか。コンビニで水買ってくるから』

子供と話す機会なんて少なかったから、正直どう接していいかわからない。ただ、このまま立ち去ることもはばかられた。

汗が滲む。しばらく沈黙が続いたあと、その子がこくりと頷いた。

コンビニで水と絆創膏《ばんそうこう》も買った。もしかしたらもういないかもしれないなと思いながら、さっき彼女と出会った路地裏に戻る。建物の陰に踏み込むと、その子が『あっ』と顔を上げて、座っていた瓶ケースから立ち上がった。

まだいた、と内心驚きつつ『買ってきたよ』と声をかける。

『あの……ありがとうございます』

『いいえ』

人からお礼を言われたのは初めてかもしれない。いつもお礼を言う側だから。

『どうして、走ってたの？』

手当てを終え、少し落ち着いた頃に目線を近付けてもう一度訊ねた。

『逃げたくて……』

『誰かに追われてたの？』

びっくりして訊ねると、『ううん』とその子は首を振った。そしてそのましばらく押し黙る彼女に僕はまた困ったように首を捻った。

『お兄さんは？』

『え？』

『お兄さんはどうしてここにいたの？』

逆に質問されるとは思ってなくて、うーんとまた眉を下げた。

『僕も君と同じかな。逃げてた』

『そうなの？　誰から？』

『そうだな……君が教えてくれたら僕も教えるよ』

ごまかすように僕は答えた。

彼女は少しためらうように唇を噛んだあと、『私は……』と口を開いた。

『嫌になって』

『何が？』

『ぜんぶ』

『……でも、そうだとしても、心配してるんじゃないかな。おうちの人とか』

建前みたいだなと思ったけれど、僕が言えることはそれくらいしかない。

『心配なんてしてないよ、本物の家族じゃないもん』

『本物の家族じゃない？』

『お母さんは私が小さい頃に死んじゃった。だから、新しいお母さんと新しい妹が去年できたの。それからはお父さんも新しいお母さんと妹のことばっかり。私のことなんてどうでもいいんだ』

『………』

『学校はつまんないし、家に帰るのは嫌だし……だから逃げてたの』

『そっか』

なんだか子供らしからぬことを言うからびっくりした。

見も知らぬ僕に、と思ったけど、見も知らない僕だから、この子はこんな風に話してくれるのではないかと思った。

そして僕も――。

『その気持ち……なんとなくわかるな』

『え？』

『僕も、たまに何もかもが嫌になるから』

『お兄さんも？』

『うん。君とおんなじ』

笑いかければ、彼女が『わ』と口を丸く開いた。

『綺麗……お兄さん、女の人みたい』

『それ、褒めてる？』

複雑な気持ちになりつつ『ねぇ、よかったら聞いてくれるかな』と、そんな言葉が口をついて出る。

『え？』

『ごめん、別に変な意味じゃないんだけど……いや、こんな言い方すると変だよね。ええと……』

何を言っても、おかしな感じになってしまう。はたから見れば大人が小学生の女の子をさらおうとしている場面に見られるのではないだろうか。そんな不安がよぎったけれど、

『聞くって何を？』

その子は僕を真っ直ぐに見てそう聞いてくれた。少し悩んだあと、『僕の、話』とぎこちなく答える。

『お兄さんの話？』

『あ、ごめんね、別に無理にってわけじゃなくて』

『聞く』

『え、いいの？』

驚きで目を丸くする僕に、彼女はもう一度頷いた。小学生の女の子に対してこんなことを感じるのは自分でもどうかと思ったけど、なんだか安心する子だ。

『……僕もね、自分が好きじゃないんだ』

『どうして？』

『弟がいるんだけど、僕は生まれつき身体が悪くて……そのせいで迷惑ばかりかけていて、弟の負担になっているんじゃないかといつも思ってる』

理解してもらわなくてもいい。だけど、誰かに話したい。見知らぬ相手だからこそ、話せることがある。どうか聞いてほしい。

そういう思いで、僕はいろんな話をした。自分の話、弟の話、死にたいようで死にたくないこと。

その子は僕の話を黙って聞いてくれた。

こんなことを話しても、子供には理解できないだろう。だけど、誰にも話したことのない胸のうちを吐露するのはとてもすっきりした。

『僕は弟がひとりぼっちになってしまうことが何より不安で……』

僕にとって一番気がかりなことは、このまま入退院を繰り返して、家にすら帰れなくなって、弟をひとりぼっちにしてしまうことだった。

しっかりした弟だからきっとひとりでも生きていけるんだろうけど、それでも、やっぱり残される側の気持ちを想像すると不安なのだ。

『お兄さん、どこか行っちゃうの？』

『……実は、朝、お医者さんのところに行ったら、今週末から入院するよう言われたんだ。これからはあんまり、外に出られなくなるかも』

『そしたらお兄さん、弟にも会えなくなる？』

『そうだね……そのうち、そうなるね』

だんだんと声のトーンが下がっていることに自分で気付いた。はっと顔を上げてごまかすつもりで、『でも、今すぐってわけじゃ……』と彼女へ笑いかければ、

『だったら、お兄さんが入院してる間は、私が弟と一緒にいてあげる』

『え？』

『私もどうせ家でもひとりぼっちだもん。だからお兄さんの弟のお世話、私がする』

簡単なことだ、とでも言うように彼女が軽やかに立ち上がった。水色のスカートがゆらゆらと揺れる。あどけなさの残る顔で、『どう？』と真面目に提案してくる。

お世話って、弟は君より年上なんだけどな。

思わず吹き出してしまった。

『はははは！』

『えっ？　どうしたの？』

『ごめん、おもしろい子だなって思って』

彼女は驚いた顔をしたあと、少し恥ずかしそうに『なんで笑うの……』と声を潜めていた。その仕草はとてもかわいらしく、なんだか少しもったいない子だなぁと思ってしまった。もっとそういう表情をすればいいのに。

きっと真面目な子なのだろう。困っている人をほっとけない性分なのかもしれない。

『……じゃあ、お願いしようかな』

『え？』

『僕がいなくなったら、弟のことお願いね』

『いなくなったらって、なんか……』

『ああ、そうだね。僕が退院するまで、って言い方をしようかな』

まだ納得のいってなさそうな表情がやっぱりかわいらしい。利口な子なのか、じっと僕の顔を見たまま頷きもしない。

『僕の代わりに弟の家族になってあげて』

自分でも突飛なことを言っているなと思った。けれど自然とそんなことを言ってしまったんだ。彼女に笑いかければ、その子は少し躊躇したあと、小さくこくんと頷いた。

『約束』

そう言って差し出した小指を、彼女は丸い目で見つめたあと『約束』と同じように呟き小指を絡ませた。

『そうだ。まだ名前を言ってなかったね。僕の名前は――』

『私はね――』

その名前は彼女によく似合っていると思った。

『いい名前だね』

『そうかな？　子がつくなんて古くさいよ。……周りにいないもん』

『そうかな。子って字がつく名前、僕は好きだけど。だって、一と了って書くでしょ？習った？　こういう字』

指で宙に字を書けば彼女は『一はわかるよ』と首を捻った。

『一から了、はじめからおわりまで。そういう意味があるかどうかはわからないけど、君の名前には、君自身がたくさん詰まってるんだと思う』

『そうなのかな』

『春のように優しく朗らかに、陽気に、ときに嵐のように。そんな明るい未来が、もしかしたら待っているかもしれないよ』

『うーん……』

腑に落ちないといった様子で、また首を唸った。彼女は意外と頑固らしい。

『お兄さんの名前のほうが綺麗で羨ましいなぁ』

『そう？』

『うん。海みたい！』

『海……まあそうだね、でも僕、行ったことないんだよ』

『そうなの？　とっても綺麗だよ。一回だけお父さんと行ったことある』

『いつか行ってみたいな』

それが叶うときがくるのかはわからないけど、いつか。見に行けたらいいと思う。

そこからはふたりで他愛もない話をして、気が付けば日が暮れていた。僕から先に立ち上がって、手を差し出す。

彼女は僕を真っ直ぐ見上げながら、すっとその手をとってくれた。

『じゃあね、――ちゃん』

『うん。ばいばい、またね。お兄さん』

この子はきっと、今日のことをいつか忘れてしまう。

重ねられていく記憶に消されて、交わした約束のことなど、忘れてしまう。

それでもこの先、彼女がもしもこのことを覚えていて、弟が寂しい思いをしていたら、頭を下げてお願いしようと思う。弟のそばにいてあげて、と。


『外出許可が出たからいつもは行けない場所にしようとは言ったけど……』

弟が遠くから僕に向かって叫んでいた。

『こんなに遠くに来るなんて聞いてない』

打ち寄せる波音が、その声をさらに遠ざからせてしまう。僕の目の前では広大な海がキラキラと光っていた。

『いいでしょ、たまには』

『ったく、あんまりはしゃぐなよ』

呆れたように言う弟に、僕は『わかってるよ』と流すように返事をした。

あれから二年が経っていた。ときどき思い出す。あの子は、元気でいるだろうか。

『ねえ、僕、ずっと前、名前が海のようだと言われたことがあるんだ』

懐かしむようにそう伝えれば、弟は目を丸めて不思議そうな顔をしていた。

『誰に？』

『知らない子』

『はぁ？』

『でも、春みたいな子』

『春？　ぼーっとしてる感じなのか？』

『そういうんじゃなくて、なんだか真っ直ぐ目を見つめてくるような子だったんだ。春ってそういう感じじゃない？』

『うーん、そうか？　つか、うみってそのまんまだし。小学生みたいな感想だな』

『家族になる約束もしちゃった』

『は？』

『いずれは僕の妹になる予定』

『はぁ⁉』

弟は眉根を寄せて、心の底からわけがわからないというような声を上げていた。僕はへらへらと笑って波打ち際をなんとなく大股で歩く。

足の形にへこむ湿った砂浜がおもしろくて、何度も何度も踏み締めて歩いた。

弟は僕の言ったことを冗談にしかとらえていないようで、『恥ずかしい。普通に歩けば』と溜息を吐いた。

『踏み締めて歩いてんの。足跡を残すの楽しいでしょ？』

『どうせ消えるのに』

そう言った弟の声と同時に押し寄せた波が、僕の足元を掬《すく》うように通り過ぎた。

答える言葉に詰まり、僕は足を止める。ざぶざぶと足元で流れる波の音が、とても遠くに聞こえた。

『あ、いや』

弟が、後ろで気まずそうな声を零す。耳を澄ましていなければ聞き逃しそうな声だった。

『消えるから、わざと残すんだよ』

そんな彼へ振り返った僕は、うまく笑えていたのだろうか。

そこからはなんとなく口数が減った。夕陽が沈みかけている。もうすぐ、一日が終わる。

生きるというのは、なんだか少し、悲しみを伴うものだ。

一日が終わるように、生きとし生けるものに終わりは必ずやってくる。それがまざまざと突き付けられているような気がして、一日の終わりはあまり好きじゃなかった。

僕はちゃんと明日を迎えられるのだろうか。

『……帰ろうか』

静かに告げると、弟はしばし黙ったあと、『そうだな』と頷いた。僕の色素の薄い髪とは似ても似つかない弟の黒髪が、潮風に優しく揺れた。

バスの中で、だんだんと遠ざかる海を眺めた。目に焼き付けるように、僕はただぞの光景を食い入るように見つめていた。

『また来ればいいだろ』

ふいに隣に座っていた弟が、呆れたように呟いた。もしかしたら弟なりに気を遣ってくれていたのかもしれない。

わかっていた、そのくらい。だけど僕にとってその言葉は、少しだけ……。

『そう、だね』

嫌味に聞こえてしまったのだ。

そんな風に思いたくはないのに。気を遣って言ってくれたんだと思いたいのに。どうしても嫌なほうへとらえてしまう。だめだとわかっていても、言葉にできない。

お礼くらい言うべきなのに。

今日は連れてきてくれてありがとう、って。

僕のわがままを聞いてくれてありがとう、って。

それなのに何も言えないまま、そのときはきてしまう。

『あのさ』

弟がそう口を開いたときだった。

乗っていたバスの車体が大きく揺れ、そのままガードレールを突き破ってしまうのは。最後に見えたのは、弟の『兄さんっ』と必死に叫ぶ顔だった。

車体が倒れ、聞いたこともないような轟音が響き渡る。僕の身体を必死でかばおうとした弟を引き寄せ、その身を守るように覆う。

『兄さんっ！』

意識が途切れてしまう前、目の前の弟の身体だけは離すまいと強く抱き締めた。

――『あのさ』

あのとき、弟は何を言おうとしたのだろうか。

僕はそれを知ることもないまま、この世を去ることになる。

次に目を覚ましたのは、暗闇の中だった。

『どうも、はじめまして。僕は死神です。あなたの魂を狩らせて頂きました』

僕の目の前には丸眼鏡に低身長、死神というには優しげな雰囲気を持った人が立っていた。

『生涯経歴によると悪事を働いたこともないようなので、このまま天国へ進んでもらおうかと思ったんですが、少々トラブルがありまして』

困ったような顔をしてその人は続ける。

『あなたの未練が、弟さんの魂を引っ張ってきてしまったようです』

何を言われているのか理解できなかった。

『弟さんの魂を向こうに還すことはできますが、すぐには無理ですね。あなたにはそれ相応の徳を集めて頂かないと』

『……え？』

その死神は、弟をひとりにしたくないという僕の思いが強すぎて、一緒に弟の魂まで連れてきてしまったのだと言った。

そして、僕の場合は弟を元の世界へ戻すために、弟の寿命分の徳を集めなければならないと。

うつし世との乖離が進めば進むほど、弟を元の世界へ戻すことが難しくなる。

だから僕は必死で徳を集めた。

こちらでの時間が経てば経つほど、人間だった頃の記憶がなくなっていった。死神は皆、何かと引き換えに記憶をなくしているのだと聞いたことがある。

僕は弟をこちらに連れてきた代償として記憶をなくしたのだ。

弟は、この世にとって本来いない浮遊魂、と認識されたのか記憶がはじめからなく、死神の名を与えられた。

記憶がまだうっすらとある頃は、他人を見るような目つきで僕を見るあの子に寂しい思いをした。自業自得だと自分に言い聞かせたけど、胸が引き裂かれそうな気分だった。だんだんと記憶が薄れてからも、無意識のうちからなのか彼によくちょっかいをかけては面倒がられた。

そして記憶がなくなってからもあの子にありがとうと言えなかった未練だけが、いつまでも残っていた。

月日が経ち、大きな仕事をいくつかこなした頃、僕は死神の統轄を任された。徳もずいぶん集めていた。

これでようやく、自分の願いを叶えられる。

けれど僕はすでに記憶を失っていて、自分の願いがなんだったのかまったく思い出せなかった。

それからしばらく経ったあと、視察という名目でうつし世を訪問したときのことだ。偶然、彼女の姿を見かけてしまうのは。

「春子」と呼ばれ愛想なく返事をする姿に、最初は気付かなかった。けれど人に対してきちんと向ける真っ直ぐな目はあの頃の彼女のままだった。

彼女と出会ったあの一時が、僕にどれほどの影響を与えてくれていたのかはわからない。でも、もう何も思い出せもしなかったはずなのに、彼女の目を見た瞬間、記憶が鮮やかによみがえった。

彼女のこと、彼女との約束のこと、弟のこと。

僕は確かに、あのとき、生きていたということを。

彼女に僕の未練を綴ってもらいたい。自分でもほとほと勝手だと思った。どうしようもないわがままだと。けれどあのとき交わした約束を果たしてほしい、僕のわがままを一度だけ聞いてほしい。

そういう思いで、僕は彼女を、雨賀谷春子をこちらの世界に引っ張り込んでしまった。

弟を――薊をどうしてもひとりにしたくなかったから。

僕のやっていることは間違いだとわかっていた。

それでも彼女に、僕の最期を綴ってほしかったのだ。

＊＊＊

「――それが、僕のお悔やみだよ」

本をぱたりと閉じるように、青天目さんがそう告げた。

「名前も、過去も、すべて思い出してしまった僕に時間は残されていないんだ。転生か、あるいは消滅の道を選ぶか。何にせよ、僕はここに留まることができなくなってしまった」

「青天目さん……」

前にも思ったけど、死んでからも時間というものは有限だ。無限なんて、存在しないのだと思う。どこの世界も、それは平等なのだと。

「徳も十分集まったし、もうあの子をうつし世に戻せるチャンスは今しかないと思ったんだ。だからと言って、雨賀谷さんを危険な目に合わせてしまったのは言い訳にならない。本当に申し訳なかった」

頭を下げ、青天目さんは長い髪を夜風に揺らした。うつし世の夜空には星が輝いていて、ずいぶん眩しく見える。

雑多な街並みも、忙しなく走るたくさんの車も、光を散らして夜を照らしていた。

悔しいけど、やっぱりこの世の景色は美しい。

「頭、上げてください」

「…………」

「私、一度死んでよかったです」

「え……？」

「じゃないと、私がどれだけ家族に愛されていたのかとか、どれだけ無駄に生きていたのかとか、そういうの、気付けなかったと思うんです」

伝えたいことがあっても、誰にも伝えられない世界がある。

手を伸ばしたくても、絶対に伸ばせない世界がある。

死んでしまうというのは、そういうことだ。

だから私は――。

「生きてるって素晴らしいって、どこかで聞いたような台詞、今までは馬鹿みたいだなぁとしか思えなかったんですけど……死んで初めて、そのとおりだって気付けた。だから」

ひとつ大きく息を吐く。

「私は私を、胸を張って生きたいと思うんです」

青天目さんの顔をじっと見つめ返せば、彼は切なそうに、けれど迷いを振っ切ったような顔をして「うん」と頷いた。

「君はやっぱり、春みたいだね」

「約束、果たしに行きましょう？」

くすくすと笑い、私は小指を差し出した。

青天目さんはあのときのように私の小指に自分の指を絡ませると、「ああ」と今一度頷いた。

最後のお悔やみ

「お待たせ、薊」

病院の近くにある海辺で、薊と待ち合わせをした。生きていたら、こんな風に約束をしたりするのかもしれない。

「ずいぶん、遅かったな」

「ごめんね、時間がかかっちゃった」

今、この場には私と薊しかいない。青天目さんはなんだか恥ずかしくて顔を合わせられないと言っていたからだ。恥ずかしいなんて言っている場合なんですか、と言った私に「兄弟というのはそういうものだよ」と口ごもっていた。

……私もいつか、毬花とそんな関係になれるのだろうか。

「それで？　青天目との話は終わったのか」

振り返らず、砂浜の上を浮遊したまま薊は背中越しに訊ねてきた。

「うん。終わったよ」

「ふーん。お疲れ」

「まさか薊から労いの言葉が聞けるとはね」

「喧嘩売ってんのか」

「冗談だよ」

私も宙を蹴り、その後ろについた。薊はやっぱり振り返らない。

「ねえ、薊。ひとりって、寂しいかな」

「なんだよ急に」

「私ね、寂しいと思ったことはなかったの。ひとりでいるのって、逆に楽なんじゃないかなって。でも違った。それは誰かといるあたたかさを知らなかったから、ひとりが平気だと勘違いしてただけだった」

「…………」

「向こうに戻れたら、もっといろんな人と関わりたい。いろんな世界を味わってみたいと思う」

波の音が、ひどく優しかった。

夜の海って怖いイメージがあったけど、全然そんなことない。穏やかな音を奏でるように、生きているように、飛沫《しぶき》を上げている。月光が白波を照らし、幻想的な光景にも見えた。

「そうか」と薊が頷いて、やっと浮遊を止めた。

その背中まであと半歩という距離で止まって「私ね」と切り出した。

「その隣には、薊がいてほしいと思うの」

「……え？」

「はい」

やっと振り返った薊の眼前に、私は白い便箋を差し出した。

薊の黒い髪がさらさらと潮風に揺れている。青天目さんと髪の色は似ていないけれど、どちらもとっても綺麗だと。そんなまったく関係のないことを思った。そうでもしないと泣いてしまいそうだった。

「青天目さんからの手紙。私の最後の仕事」

声が、手紙を持つ手が震えてしまいそうだった。

「受け取って、――羽賀流」

風がぶわりと吹き起こる。

月光を反射させた波のきらめきと、澄んだ空気のあたたかさと、眼下に広がる美しい世界が、私たちを受け入れ、風とともに包み込んでくれているようだった。

ぽろぽろと、薊の目から宝石みたいな涙が流れ落ちる。

「……なんで」

その涙に驚いているのか、薊の唇が震えていた。精一杯の声を出しているんだと思った。

「あなたのお兄さんから、手紙だよ」

我慢していたのに、つられて私も声が震えてしまった。

＊＊＊

俺の兄は昔から身体が弱く、入退院を繰り返すような人だった。幼い頃に両親は亡くなっていたので、伯父や伯母のいる家に住まわせてもらっていた。

周りが心配しているのにもかかわらず、兄はよく家を抜け出していた。本人はバレていないと思っていたようだけど、いなくなるとすぐに気付いた。

そんなある日、兄が嬉々として帰ってきたことがあった。

『これで将来安泰だよ、流』

ケラケラと笑いながら俺の肩を叩いてきたときは、どっかに頭を打ち付けてきたんじゃないかと思った。

『素敵な女の子に会ったんだ』

『え、女？　どんな奴？』

『春みたいな子』

『なんだそれ』

『また出会えるよ、偶然が重なればきっと。約束もしたし』

『は？　約束？』

いったい何を言っているのか。わけがわからなかったけど、女っ気のない兄が初めてそういう類の話をしたのがとても印象的で、記憶に残っていた。

兄は普段からどこか抜けたような人だったけど、優しかった。父や母を知らない俺の親がわりになろうと必死で、……だけど、それに身体が追いついてなくて、いつももどかしそうだった。

大人になるにつれ、兄の身体の調子はどんどん悪くなる一方だった。それに比例するかのように、俺は兄を外へ連れ出すことが多くなった。

早く大人になって、見たこともない景色を兄に見せてあげたい。そう逸る気持ちが兄を傷つけてしまった。

兄は『また』という言葉や『次』という言葉を嫌っていた。

それでも生きることを諦めてほしくなくて、絶対次があるって思ってほしくて、俺もそう思いたくて、あの日兄の嫌いな言葉を投げかけてしまった。

「また来ればいいだろ」

海を見に行った帰りのバスの中でそれを告げたとき、兄はひどく悲しげに「そう、だね」と頷いていた。

しまったと思った。間違えたと。それでも、口をついて出てしまった言葉は戻せない。

気まずい空気の中、俺たちはずっと黙り込んでいた。あんなにも輝かしいと思っていたのに、窓から見える海は少し寂しげだった。

生きていた頃の記憶は、もうない。俺はどうしてここに来たのか、どうして死神をやっているのか。

そんなきっかけさえ、思い出せないでいた。

だけど春子に名を告げられた瞬間、蓋をされていた記憶が風に吹かれたように次々と溢れ出て、身体を包み込んだ。

流へ

こうして手紙を出すのは初めてだから、少し緊張しています。

雨賀谷さんに代筆してもらっているとはいえ、やっぱり気持ちを言葉にするのは恥ずかしいものがありますね。それが身内ならば特に。

思い出してくれたかはわからないけど、僕は君の兄にあたる人間でした。

生きていた頃、いつも身体の弱い僕を気遣って、いろんなところに連れ出してくれたこと、本当に嬉しかったです。

言ったことはないけれど、兄としてこんなにしっかりした弟を持てたこと、本当に誇りに思います。

学校のこともあまり語らず、興味のあることも知らぬふりをして、僕を優先してくれていたこと、本当は気付いていました。

だから、僕はとても悲しかった。

本当は、もっと君に、君の人生を楽しんでほしかった。

兄の僕が、足枷《あしかせ》になってるんじゃないかっていつも不安だった。

実際に、君がこっちに来てしまったのは僕のせいなんだ。

本当はまだ身体のある君を、生きている君を、こちらの世界に引っ張り込んで、大変な思いをさせていたのは僕なんだ。本当にごめんなさい。

流は僕のすべてだった。

流を中心に、僕は毎日を生きていたから。

身体が弱いのは僕のほうなのに、君が無理していないかと不安になったり心配していたりしたこともある。

もちろん君が笑顔だと嬉しいし、喧嘩をすると悲しかった。

でもそれはふたりだからできること。ひとりじゃできないことだと思った。

だから僕は、君をひとりぼっちで残してしまうのが怖かったんだ。

思い上がりかもしれないけど、流の中心もまた、僕なのではないかと思ってしまったから。

だから雨賀谷さんと昔、約束したんだ。

君がひとりにならないように。

そばにいてくれるように。

大人になった彼女も、こんなどうしようもない僕のお願いを、昔と変わらず聞いてくれたよ。

流。

僕はずっと君に感謝の言葉を言いたかった。兄のわがままに付き合ってくれてありがとう、と。

次があると言ってくれてありがとう、と。

未来を語ってくれて、隣にいてくれてありがとう、と。

いくら言っても足りない。

君の兄に生まれてきたこと、そして君が弟であったことを誇りに思う。
ありがとう。流。
大好きだ。

そういえば、バスの中で何か言いかけていたけど、
あのとき、君はなんて言うつもりだったのかな。
できれば続きを聞きたいな。

最後に。

今を、どうか、力強く生きて。
また偶然が重なって、どこかで出会えたら。
今度は僕が、君を海に連れていくから。

それまで、どうかお元気で。

羽賀　湖《うみ》

すべて、思い出してしまった。涙がずっと止まらない。

「死神って泣くんだね、変なの」

春子がからかうように、だけど優しげな顔で笑って俺の目元を指先で撫でた。

「流って、綺麗な名前」

「…………」

「それにお兄さんの湖という名前も、とっても綺麗」

「……兄さんが出会った女ってお前のことだったのか」

「みたいだね。実は私も、この手紙を書くまで全然思い出せなかったんだ。……ここまで出かかって、出てこない。みたいな感じで」

「みたいな感じで、じゃないっつの」

「しかたないでしょ。何年経ってると思ってるの」

「ぽんこつ」

「うっさいな」

むっとしながら春子は俺の頬を遠慮なくつねった。

おいおい兄さん、こいつのどこが春みたいなんだよ。名前だけだろ。

俺は一度深呼吸をして、そうして大きく息を吸った。

「おい青天目！　どうせ近くにいんだろ！」

　突然大声を張り上げた俺に、近くにいた春子が身体を揺らした。

「こんな手紙だけよこして勝手に消えようとしてんのかよ！　俺をあの世に引きずり込んで、散々大変な目に巻き込んだくせに、言い逃げすんのかよ！」

「あ、薊……」

「何がひとりにならないようにだよ！　今ひとりにさせてんのはどっちだよ。自分はどうなんだよ、お前だってひとりは嫌いなくせに！」

　勝手にいなくなろうってんなら、絶対許さない。俺をこっちに引きずり込んだのがお前なら、今度は俺がこっちからお前を引き止めてやる。だから、だから、姿くらい見せろ。

「ひとりにさせんのが嫌なら行くなよ……。わかってんだろ、お前がいなくなったら、俺はっ、ひとりぼっちなんだぞ！」

　涙が止まらない。視界がぼやけ、表情がうまく動かない。

　世界に雨を降らせるように、俺の涙が、うつし世に落ちていく。

　お前がいなくなったら、家族は誰ひとりいなくなる。そんな場所に戻って、俺はどうやって生きていけばいいんだよ。

　行くなよ、兄さん。兄さん。

「ああ、そうだよ寂しいよ！　だから姿を見せろよ！　馬鹿野郎！」

喉の奥がヒリヒリと痛かった。思いを伝えるのは力がいる。声が上擦って、せき込みそうになる。

春子はきっと、こんな俺に驚いているだろう。みっともないって、わかってるけど、どうしようもない。

これが最期だと思うと、自分をさらけ出さずにはいられないんだ。

「頼むよ兄さん……。顔くらい、最期に見せていけよ！」

まだ、言っていない。

バスの中で言いかけた、『あのさ』の続きをまだ言えていないんだ。

「あーあ、子供じゃないんだから」

ふわりと、後ろから頭を撫でられた。優しくあたたかな、羽根のような手だった。

「そんなに大声を出さなくても、ちゃんと届いているよ」

こんな風に撫でられたことが昔もあったような気がする。

「ごめんね、流があまりにも嬉しい反応をするものだから。出るのが少し、惜しくなった」

後ろからだから、顔がまったく見えない。いつもの飄々とした声が、ほんの少しだけ揺れている。

徳になってしまえば、すべて消えてしまう。

ああ、もうこれで終わりなのか。

これで、終わってしまうのだろうか。

「悪趣味だな、最低だ。馬鹿」

「流こそ、兄を馬鹿だなんていけないね」

「……お前、本当に行くのかよ」

「……うん」

「散々、人を振り回しといて、結局行っちまうのか」

「うん、ごめんね」

「ひとりにしたくないって言ってるくせに、ひとりにするなんて矛盾してる」

「うん、だから、あとは雨賀谷さんに頼んだんだ」

ずっとずっと、この時間が続けばいいのに。

そう思っていても、終わりがきてしまうのが限りあるもの。

「流」

ふいに、頭を撫でる手が止まった。

はっと振り返ると、青天目――兄の身体がほんの少し発光していた。

「君と過ごした湖としての日々、そして青天目としての時間、僕にとってすべてが宝物だ。僕がそう感じたように、君が、これからの君の毎日を、宝物にしていけることを願っているよ」

待ってほしい。まだいかないでほしいのに。

「流、大好きだと言ったけど……本当は照れくさくて、少し濁してしまったんだ。本当は──」

言いたいことが山ほどあるのに。言葉が、うまく見つからない。

「愛しているよ」

恥ずかしそうに笑って、兄はそのまま身体を引こうとした。俺はとっさに宙を蹴って、その腕を強く掴んだ。

驚いたような兄の顔が、俺を真っ直ぐ見下ろしている。

「兄さん、あのときは、ごめん……」

あのさ、兄さん。ごめんね。

あのとき、そう言おうと思っていたんだ。

「俺もっ、俺もさ……っ」

ああ、必死すぎ。ダサすぎるだろ。わかっていても、涙がとめどなく溢れてくる。

もういい、ただ一言伝えたい。

俺もね、兄さん。

「愛してるよ、さようなら……っ」

そっと手を離せば、兄は情けない顔をして笑う。そして、

「敵わないなぁ」

そう言って一筋、涙を流した。

瞬間、周りが光の玉に包まれる。その弾けるような眩しさに思わず目がくらむ。

一際大きな風が吹いて、光をどこまでも届けていく。海が輝き、空さえも明るく澄み渡り、朝がきたのだと勘違いしそうになった。驚くほどの徳の量と美しさに、思わず息を吐いた。

世界に命が吹き込まれていく。誰かの思いが、誰かの命が、世界にこうやって輝きを持たせるんだ。

癪《しゃく》だけど、やっぱりこの世は美しい。

今まで見たどんな徳よりも、それは幻想的な光を灯して天高く昇っていった。

これが六十年分の徳か。どれだけ思いを溜め込んでたんだよあいつは。

俺の涙が止まっても、兄の徳はいつまでも輝き続けた。

「ねえ、薊……腕輪が」

ふいに、春子が俺に声をかけた。黒い腕輪がこれまでになく白く輝いている。まるで何かに共鳴しているようだった。

「これで終わったってことだろ」

罰則具として付けられていたこの腕輪が、春子の寿命分の徳を得たことで、もう役目を果たしたと告げているのだ。

ああ、眠い。死神になってから一度も訪れたことのない眠気が、意識を丸呑みしていくように襲ってくる。

きっと、俺もそろそろなのだろう。

「なあ、春子」

擦れた声で呼びかけると、春子は「何?」と俺の顔を見上げた。

「お前、俺のそばにいてくれるんだったよな」

夜の海で、まだ光の雨が止まない夜空の下で、そんなことを聞いてみる。

この幻想的な空間の中で、春子は目をまんまるに開く。そして、

「何、いてほしいの?」

と、意地悪な口調で返すので、「じゃないと話が違う」と、俺も思わず突っぱねるような返事をしてしまった。

「嘘、冗談だよ。……うん、そばにいてあげる。約束だからね」

「ずいぶん上から目線だけど、本当だな」

「青天目さんに化けて出られても困るからね」

天邪鬼な女。どうしてこんな女と兄は約束したんだか。そうは思っても、どこか納得してしまうのが悔しい。

「それに、あんたのパートナーは私でしょ。これが取れても、それは変わんないよ」

罰則具を揺らしながら、春子は言う。少しだけ照れくさそうな顔は、なんだか兄と重なった。

「うん、そうだな」

思わず笑えば、春子も「うん」と同じように笑った。

「じゃあ、俺は……先に向こうに行ってる」

「うん」

「俺はお前を探すから、お前も俺を探せよな」

「わかってるよ」

「どうだか」

呆れたように言えば、春子は「信じてないな……本当デリカシーがない」と溜息まじりに呟いていた。その仕草を見て、自然と顔がゆるむ。俺たちは、相性がいいのか悪いのかとことんわからない。

「……春子」

そろそろ時間だ。

「向こうで会えたら」

視界がぐらぐらと揺れはじめていた。身体を起こしているのも限界なくらい、全身が重い。

「本当に、そばにいてくれるか」

本当は不安なんだ。ひとりの世界は怖くて、寂しくて、本当は、不安でいっぱいなんだよ。

けれどそう告げれば『女々しい男だな』と春子に悪態をつかれかねないと思って、下手なことは言えなかった。

それでもこの気持ちだけはどうしても。

縋るような俺の気持ちに気付いたのか、春子はもう冗談めかそうとはせず、俺を真っ直ぐに見つめていた。

その眼差しは、まさしく春のようで。

『なんだか真っ直ぐ目を見つめてくるような子だったんだ。春ってそういう感じじゃない？』

ああ、そうだな。兄さんの言うとおりだ。

春のように、やわらかく真っ直ぐ、

「うん」

凛《りん》としている。

ぐらぐらと揺れる視界の中で、彼女がはっきりと頷いた。

「偶然が重なって、どこかで会えたらね」

「なんだそれ。……でも、兄さんもそんなこと言ってたな」

一瞬、安心した俺の気持ちを返せ、と言ってやりたくなったけど、春子はまた笑って「冗談だよ」と小指を差し出した。

「はい、約束」

ああ、こうして春子と兄も、約束を交わしたのかな。

そう思ったら、どこかあたたかい気持ちになって、目頭が熱くなった。

「ああ、約束」

それを最後に、薊としての記憶は途切れてしまう。

俺はもう、彼女の名前すら思い出せない。

＊＊＊

最後に小指を絡ませて『ああ、約束』と言った薊はそのまま姿を消してしまった。

青天目さんほどではないけれど、小さな光の粒となって。

同時に、罰則具も消えてしまった。私たちを繋いだものはもう、何もない。

寂しさを感じながら、私は死神の事務局に向かった。前に薊とふたりで飛んだ場所を、今度はひとりでしっかりと進んでいく。

「お疲れ様です、雨賀谷さん」

受付にいたのは、やっぱりあの丸眼鏡をかけた死神だった。

「六十年分、よく頑張りましたね」

「私ひとりの力じゃなかったんですけど……」

「いいんですよ。みんな助け合って、誰かと生きていくんです。あなたはこちらの世で、いろんなことを学んだみたいですね」

「どうして」

「出会った頃と、顔つきが違うからですよ」

くすくすと笑ってから、「さて」と、その人は手のひらを叩いた。

瞬間、周りの空間が、最初に私が浮遊していた仕分け場に変わる。

「のんびりはしていられません。君の身体を、うつし世へ戻さないといけないからね」

目の前には大きな門が現れる。これが〝うつし世の門〟。

「そうだ。忘れないうちに伝えておかなきゃ。雨賀谷さん、こちらでの記憶は向こうに行ったら、すべて消滅してしまいます。君の場合は、完全に死んだ状態を時間とともに元に戻すという特例的なことをするから、目覚めたときの状態がどうなるかわからないけど、向こうでやることは向こうであらためて考えてください」

「そうなんですか……」

「こちらの世は決して知られてはいけないんです。世の中の均衡が崩壊してしまいかねないからね。バランスの取れた世の中を、非現実的な存在が壊してしまうことはこの世の理としてタブーなんです」

「でも……」

そしたら私はどうやって薊を探せばいいんだろう。約束したのに。

「ごめんね、これ以上は力になれません。だけどきっと、君のことは君自身が助けてくれるはずだよ」

その人は人差し指を立てて私に笑いかけた。

「記憶はなくなるけど、感じたことは覚えているはずです」

「感じたこと？」

「音や匂い。それから景色や気持ち。……小さい頃に感じた記憶は、大人になっても忘れないものでしょう？」

その人は「そういうことだよ」と言って人差し指の先を動かした。すると私のポケットにしまっていた帳簿と筆が浮かび、そのまま彼の手元に収まった。

「帳簿も君に使ってもらって喜んでいるみたい。本当にいい仕事をしましたね」

「ありがとうございます……」

「あなたのおかげで、青天目も薊くんも、本来進むべき道に進めた。これから僕ら死神も青天目の後任を決めるために大忙しさ」

「……すみません」

「謝ることはないよ。とても貴重なものを見せてもらいましたからね。あんな量の徳はもうずっと見ていません」

そう言って、その人はまた手のひらを叩いた。すると、目の前の門が大仰な音を立てて開いていく。

「それでは、雨賀谷春子さん」

振り返れば、その人は優しい声でゆるやかに笑った。

「どうか、お元気で。長生きしてください」

今一度、手を叩いた。

門の先は何も見えないくらい輝いている。

私は顔を上げて前を向く。そして飛び込むように光の中へ一歩踏み出した。

epilogue

「ん……」

目を覚ますと、目の前には毬花の顔があった。

「えっ？」と、声を上げると、目の前の顔も「あっ」と大きな声を張り上げた。

「お母さん!!　お姉ちゃんが目覚ました!!」

毬花の大声が耳をつんざく。すぐそばにあったカーテンが開き、「ほんと!?」と今度は道葉さんが顔を覗かせた。

固まった私は毬花と道葉さんの顔を交互に見つめる。

なんだ。私……何してたんだっけ。学校に行こうとしてたんじゃなかったっけ。

私、今まで何、してたんだ……？

「お姉ちゃんお姉ちゃんっ」

毬花が私の身体にしがみついている。私は混乱するしかなかった。

「春子ちゃんっ」

涙声の道葉さんが私の近くまで駆け寄ってきたと思ったら、わんわんと泣き出した。大の大人が、子供のように泣き出す姿を私は初めて見た。

「よかった、よかったぁ」とふたりして声を張り上げるので、部屋の外から「雨賀谷さん、静かにお願いします」と注意される。合わせて道葉さんが「先生を呼びに行かなくちゃ！」と慌てていた。

何が起きているのかまったくわからない。

「あれ……」

だけど気付いたら私も、ぽろっと涙を流していた。

「お母さん、お姉ちゃんが泣いちゃった！」

「どうしたの!?　春子ちゃん、どこか痛いの!?」

「そうじゃなくて……」

ぽたぽたと勝手に涙が流れては落ちて、手のひらを濡らしていく。

ああ、なんで……何も思い出せない。

ずいぶんと長い夢を見ていた気がするのに。

「夢を……」

長くて、壮大で、忘れてはいけないような大事な夢を。

「夢？」

「怖い夢でも見たの？」

毬花も道葉さんも不思議そうな顔をしていた。ふたりの姿が、とても鮮明に、そして心地よく私の目に映るのは、なぜだろう。

ああ、なぜだろう。

考えてもわからなくて、ただしばらくずっと、涙が止まらなかった。


道葉さんから聞いた話によると、私は駅のホームで倒れてそのまま病院に運ばれたらしかった。確かにどんなに思い出そうとしても、ホームでぼんやりしていたのを最後に記憶が途切れている。

倒れた原因は不明らしかったけど、一時は生死をさまようほど危なかったのだと聞いた。時間にして五カ月近くも眠っていたから、声も出しづらいし、すごく身体が痛かった。

「無理させてたのね……気付いてあげられなくてごめんね、春子ちゃん」

目を真っ赤にして私に謝る彼女を見て、ひどく申し訳ない気持ちになった。

それと同時に、こうして心配されている事実が、なぜか少しだけ、嬉しかった。

「ううん、ごめんね……ごめんなさい、ありがとう……お母さん」

今までお母さんなんて呼んだことなかったのに、ぽろっと口をついてそんな言葉が出た。道葉さんは驚いた顔をしたあと、「ううん」と私の身体を抱き締めた。あたたかい。人って、生きてるって、こんなにあたたかいんだ。

「あなたが無事で、何よりよ」

ああ、なんだろう。私、この人たちのことが嫌いだったはずなのに。

「お姉ちゃん、もう大丈夫？」

「うん。毬花も……ありがとうね」

腕を握っていた毬花の手にさらに力がこもった。「うんっ」と擦りつけるように私の腕に額をつけて、またわんわんと泣いていた。

家に帰ってからは、お父さんからも縋り付くように泣かれた。

なんだろう、なんだろう。いなくなりたいなんて思っていたはずなのに。

「よかった、おかえり春子。おかえり……おかえり」

「うん、ただいま。お父さん」

こうやって〝家族〟に迎えられることをこんなに嬉しく思うなんて。くすぐったくなるようなあたたかさを、心に感じていた。

私は私が思っているよりも、しっかり愛されていたのだと思った。


それから数日安静をとって、久しぶりに学校へ行った。ちょっと緊張した。これといって仲のいい子もいなかったから、さらに周りから孤立しているんじゃないかと不安になった。

「雨賀谷さん、大丈夫だったの？　倒れたって聞いたけど……」

「え？」

「何度かお家にも行かせてもらったんだけど……」

「あ、ごめんね、そうだったんだ……」

どう反応するのが正解かわからない。友達という友達がいなかった私にとって、家族以外の他人に心配されるということが生まれて初めてだったから、口ごもりながら返してしまう。

ああ、でももっと言い方があるはずだ。

もっと——。

「ありがとう……その、嬉しい」

ぎこちなかっただろうけど笑顔を作る。彼女たちは驚いたように目を丸くしたけれど、どこか安心したように笑ってくれた。

「そうだ雨賀谷さん、ノート見る？　授業かなり進んだから、私のでよかったら貸すよ」

「え、本当？　ありがとう……どうしようか悩んでたんだ」

「ねえ、よかったら一緒にお昼食べない？　ついでにそのとき、テストの範囲も教えるね」

「あ……助かる……」

「雨賀谷さん、数学得意だったよね？　時間あるときでいいから教えてくれないかな？」

「……私でよければ」

「私さぁ、雨賀谷さんとこうして話してみたかったんだよね、でもいっつも逃げられるから」

「え」

「だから嬉しい」

笑いかけてくれる彼女たちに戸惑いながらも、「私も」と頷いた。いつもなら突っぱねるのに、なんだかそれではもったいないような気がした。

家や、学校や、それから街並み。すべてのもの、ひとつひとつがきらめいて見えた。

変わらずそこにあるものが、変わっているように見えるのは、きっと――。

＊＊＊

「はるちゃんはずいぶん変わったわねえ」

高校を卒業し、大学生になってからひとり暮らしをはじめた。それでも三カ月に一度、実家に帰るようにしている。

たまたま帰省のタイミングが重なって実家で久しぶりに会ったおばあちゃんに、そんなことを言われた。

高校三年生の半分をほとんど病院で過ごしてしまった私は、一年の浪人を経て大学へ進学した。

はじめは就職しようと思っていたけど、両親に「勉強したいことがあるなら、きっと無駄にはならない」と背中を押され、進学を決めた。

「大人っぽくなったってことか?」

お父さんがそう言えば、おばあちゃんは首を振って、「いいや」と。

「見た目は可愛らしいまんまだよ」

短く笑い「はい、お小遣い」と五百円玉をくれた。

「なんだか複雑だなぁ」と頬をかく。もう二十一歳になるんだけど。確かに私は変わったと思う。でもそれに気付いたのもつい最近だ。

「そういえばお姉ちゃん、溜息も吐かなくなったもんね」

十五歳になった毬花が、持っていたアイスのスプーンを揺らしながら「うんうん」と頷いていた。

「溜息吐くと、幸せが飛んでっちゃうから、毬花はずっと注意してたんだよっ」

「まりちゃんも偉いねえ、はいお小遣い」

「やったあ」

おばあちゃんから五百円をもらってソファから立ち上がる毬花に、私は「お礼くらい言いなさい」とその頭を小突いた。

「あ、でも毬花。注意してくれてありがとね」

「え？　う、うん」

小突かれた額を押さえながら頷く毬花に、私は小さく笑ってリビングをあとにする。

「やっぱり、はるちゃんは変わったねえ」

おばあちゃんがまた静かにつぶやいた。


まだ高校生だったあの時、電車のホームで倒れて生死をさまよっていたとき、私の心は、私自身は、一体どこにいたのだろう。

病院で目覚めた私はそんなことをずっと考えていた。もしかして私は生かされたんじゃないか、なんて。けれど大学で哲学や神学の授業を取ってみても正解は出ない。

「やっぱり死んでからの世界なんてないのかな……」

大学の図書館で、独りごちる。

時計を見るとバイトの時間が近付いていた。そろそろ出ないと間に合わないな。

読んでいた本を急いで小脇に抱えて、大学をあとにする。

都心にある大学のため、構内を出ればすれ違う人が多くて駅に行くまでいつも時間がかかる。大きなスクランブル交差点に差し掛かったとき、春の陽気が頬を掠めた。季節がこうして巡るたび、世界が生きているんだと実感する。

信号待ちをしながら、行き交う車をぼんやりと眺めていた。高校生のときは、ここで車の前に飛び出してみたら、なんて考えていたこともあったな。

昔の自分を思い出して、思わず笑みが零れる。相当、この世界に辟易していたのだろう。嫌な部分ばかり目について、それで世の中を決めつけていたように思う。

それではもったいないよ、とあの頃の自分に伝えたい。

生きるってそんなに悪くないよ、と優しく肩を叩いてあげたい。


信号が青に変わる。私は小脇に抱えていた本を胸の前で抱え直しながら、足を踏み出した。

そこで背中を押すような突風に吹き付けられ、誰かとぶつかった。抱え直したばかりの本を派手に落としてしまう。ああ、やってしまった。

本に挟んでいた資料の紙がばらばらになり、慌ててそれを拾い上げる。そこでぶつかった人の落ちた荷物が目に入った。その中には写真が何枚かあって、思わず見とれてしまう。それは海や桜が映った澄んだ綺麗な写真だった。

「すみません！」

「いえ、大丈夫ですか？」

相手の男の人が自分の落とし物を拾うついでに、私の荷物をまとめてくれる。彼の首にはカメラがかかっていた。視界にすらりと伸びた男の人の指が映って、私はとっさに顔を上げた。

瞬間、息が止まる。

目が合えば、黒い縁の眼鏡の奥で、印象的な薄茶色をした綺麗な目を私と同じように見開いていた。

「あ……これ」

しばらくして男の人が思い出したように、私の落とした本を差し出してくれる。それは私のお気に入りの一冊、手紙の綴り方が載っている本だった。

「ありがとう……ございます」

ぎこちなく頭を下げる。せっかく拾い上げた荷物をまた落としてしまいそうだった。

信号が点滅を始める。それに気付いた私たちはお互いに何も言えないまま、「それじゃあ」とただ会釈をして他の人たちと同じように早足で交差点を歩き出した。

もう出会うことがない他人のように。

点滅が終わり、背中側で車が走り出す。

胸の奥が詰まって、苦しくて泣きそうだった。

たくさんの人たちの足音、話し声、そして車の音、街中の喧騒がすべて遠くで聞こえる気がした。

信号がまた変わる。

私は勢いよく振り返って、元来た道に足を踏み出した。

不思議と早足になる。はやる気持ちで、手汗がにじんだ。

いつかもこんな風に誰かを追いかけていた気がする。腕を振って、走り出そうとしたそのとき、

「あ……」

先ほどの彼も、私と同じように交差点に戻ってきていた。春の風が足元を吹き抜けていく。その人と私の黒髪を、ゆるやかに揺らした。

また目が合う。互いに、一歩、一歩、前に踏み出す。

時間はそんなに経っていないはずなのに、永遠のように長く感じられた。

どうしてだろう、とても〝懐かしい〟と思ってしまう。

「あの……」

口を開くと乾いた声が出る。彼が真っ直ぐに私を見ていた。

何かを言いたいのに、言葉が出てこない。なんでだろう、涙が込み上げてきた。

「わたし……」

「おれ」

声が重なった。彼もまた、私と同じように今にも泣き出しそうな顔で、こちらを見つめている。

そのとき、ぽたぽたと涙が地面を濡らした。まるで雨が降っているようだと思いながら、

「泣いてる」

私が言ったのか、彼が言ったのか。

彼もまた泣いていた。私と同じように、理由もわからずに。

それが不思議とおかしくて、もどかしくて、ずっと涙が止まらなかった。

私はその人の元へ、また一歩近付いた。人々の真ん中で、世界が動き出した中心で。

声が出なくなるほど、笑って、泣いてを繰り返して。

「あの」

そうして生きているあたたかさを感じながら、もう一度口を開いた。

「私、雨賀谷春子っていいます」

やわらかな風が、私たちの間を通り抜けていく。

「あなたの名前を、教えていただけますか」

その人が息を吸う。そして頬に涙のあとを残しながら、ゆっくりと。

「俺の名前は——」

それは流れるように私の耳に静かに響いた。

綺麗な名前、といつかと同じように私が彼に告げるのは、偶然が重なった故なのだと信じている。

青く澄んだ空の上では、私たちの行く末を見守るように白い鳥が優雅に飛んでいたのだった。

了

あとがき

初めまして、葦永青と申します。この度は『死にたがり春子さんが生まれ変わる日』をお手に取ってくださり、ありがとうございました。

本作は私にとって初めて挑戦した現代ファンタジー作品です。執筆を思い立ったきっかけはいくつかあるのですが、元をたどれば、友人が会葬礼状《かいそうれいじょう》を書く仕事をしていたと聞いたことが始まりでした。

「どうしてあの時」「どうしてあの日に限って」残された方々からお話を聞くお仕事だそうで、私自身も祖母が亡くなった際「ああ、そういえばどうして」と思ったことがありました。

亡くなった人の心は永遠にわからないものです。その人に聞くことはもう叶わないので、その疑問から離れられない人たちは多くいらっしゃるのではないでしょうか。

本作はファンタジーではありますが、物語や春子たちを通して死の先に希望を持たせたいなと思い執筆しました。消化されていない気持ちが、少しでも晴れやかになったならば幸いです。

せっかくの機会なので、物語を書く上で大事にしたことを書き留めたいと思います。

それは作品の〝テーマを大事にすること〟でした。

〝主人公の心の成長〟これは、スターツ出版文庫大賞に応募する前から決めていたテーマのひとつです。それと同様に、生きること。後悔しないこと。時間を大切にすること。など読者の心に残るものにしたいと思い、テーマがブレないよう最後まで気をつけながら書きました。

元はといえば、数年前にこの作品のプロットを書き留めていた自分がいたからで、今回はそのお陰で執筆してよかったと思える作品となりました。過去の自分に感謝です。


最後になりましたが、選考の際に私の作品を見つけて、素敵な賞を下さった審査員の皆様。私の大事な作品を本として世に出して下さったスターツ出版の皆様。編集担当の後藤様、藤田様。素敵なカバーイラストを描いて下さったさけハラス様。これまで関わってくださったすべての方々に感謝申し上げます。ありがとうございました。

どうか皆様が、後悔しない毎日を送れますように。この作品が、なにかひとつでも皆様の心の助けになれたら嬉しいです。

二〇一九年五月　葦永 青

この物語はフィクションです。実在の人物、団体等とは一切関係がありません。

葦永 青先生へのファンレターのあて先
〒104-0031　東京都中央区京橋1-3-1　八重洲口大栄ビル7F
スターツ出版(株) 書籍編集部 気付
葦永 青先生

死にたがり春子さんが生まれ変わる日

2019年5月28日　初版第1刷発行

著　者　　葦永 青　

発 行 人　松島滋
デザイン　カバー　徳重 甫＋ベイブリッジ・スタジオ
　　　　　フォーマット　西村弘美
D T P　久保田祐子
編　　集　後藤聖月
　　　　　藤田奈津紀（エックスワン）
発 行 所　スターツ出版株式会社
　　　　　〒104-0031
　　　　　東京都中央区京橋1-3-1　八重洲口大栄ビル7F
　　　　　出版マーケティンググループ　TEL 03-6202-0386
　　　　　（ご注文等に関するお問い合わせ）
　　　　　URL　https://starts-pub.jp/
印 刷 所　大日本印刷株式会社

Printed in Japan

ISBN　978-4-8137-0689-2　C0193

スターツ出版文庫　好評発売中!!

『階段途中の少女たち』　八谷《はちや》 紬《つむぎ》・著

何事も白黒つけたくない。自己主張して、周囲とギクシャクするのが嫌だから――。高２の遠矢絹は、自分の想いを人に伝えられずにいた。本が好きなことも、物語をつくることへの憧れも、ある過去のトラウマから誰にも言えない絹。そんなある日、屋上へと続く階段の途中で、絹は日向萌夏と出会う。「私はとある物語の主人公なんだ」――堂々と告げる萌夏の存在は謎に満ちていて…。だが、その予想外の正体を知った時、絹の運命は変わり始める。衝撃のラストに、きっとあなたは涙する！

ISBN978-4-8137-0672-4 ／ 定価：本体560円＋税

『きみに、涙。～スターツ出版文庫 7つのアンソロジー①～』

「涙」をテーマに人気作家が書き下ろす、スターツ出版文庫初の短編集。沖田《おきた》 円《えん》『雨あがりのデイジー』、逢優《あゆ》『春の終わりと未来のはじまり』、春田《はるた》モカ『名前のない僕らだから』、菊川《きくかわ》あすか『君想うキセキの先に』、汐見夏衛《しおみなつえ》『君のかけらを拾いあつめて』、麻沢《あさざわ》 奏《かな》『ウソツキアイ』、櫻《さくら》いいよ『太陽の赤い金魚』のじっくりと浸れる７編を収録。

ISBN978-4-8137-0671-7 ／ 定価：本体590円＋税

『拝啓、嘘つきな君へ』　加賀美真也《かがみしんや》・著

心の声が文字で見える――特殊な力を持つ葉月は、醜い心を見過ぎて人間不信に陥り、人付き合いを避けていた。ある日、不良少年・大地が転校してくる。関わらないつもりでいた葉月だったが、なぜか一緒に文化祭実行委員をやる羽目に…。ところが、乱暴な言葉とは裏腹に、彼の心は優しく温かいものだった。２人は次第に惹かれ合うが、ある時大地の心の声が文字化けして読めなくなる。そこには、悲しい過去が隠れていて…。本音を隠す嘘つきな２人が辿り着いた結末に、感動の涙!!

ISBN978-4-8137-0670-0 ／ 定価：本体600円＋税

『神様の居酒屋お伊勢　～花よりおでんの宴会日和～』　梨木《なしき》れいあ・著

伊勢神宮の一大行事“神嘗祭《かんなめさい》”のため、昼営業をはじめた『居酒屋お伊勢』。毎晩大忙しの神様たちが息つく昼間、店には普段は見かけない“夜の神”がやってくる。ミステリアスな雰囲気をまとう超美形のその神様は、かなり癖アリな性格。しかも松之助とも親密そう…。あやしい雰囲気に莉子は気が気じゃなくて――。喧嘩ばかりの神様夫婦に、人の恋路が大好きな神様、個性的な新顔もたくさん登場！大人気シリーズ待望の第３弾！莉子と松之助の関係にも進展あり⁉

ISBN978-4-8137-0669-4 ／ 定価：本体540円＋税

スターツ出版文庫　好評発売中!!

『初めましてこんにちは、離婚してください』　あさぎ千夜春《ちよはる》・著

16歳という若さで、紙きれ一枚の愛のない政略結婚をさせられた莉央。相手は容姿端麗だけど、冷徹な心の持ち主のIT社長・高嶺。互いに顔も知らないまま十年が経ち、大人として一人で生きる決意をした莉央は、ついに“夫”に離婚を突きつける。けれど高嶺は、莉央の純粋な姿に惹かれ離婚を拒否。莉央を自分のマンションに同居させ、改めての結婚生活を提案してくる。莉央は意識することもなかった自分の道を見つけていくが…。逃げる妻と追う夫の甘くて苦い攻防戦に、莉央が出した結論は…⁉

ISBN978-4-8137-0673-1 ／ 定価：本体590円＋税

『あかしや橋のあやかし商店街』　癒月《ゆづき》・著

「あかしや橋は、妖怪の町に繋がる」――深夜０時、人ならざるものが見えてしまう真司は、噂のあかしや橋に来ていた。そこに、橋を渡ろうとするひとりの女性が。不吉な予感がした真司は彼女を止めたのだが…。「私が見えるのかえ？」気がつくと、目の前には妖怪が営む“あやかし商店街”が広がっていた。「真司、この商店街の管理人を手伝ってくれんかの？」――いや、僕、人間なんですけど⁉ ひょんなことから管理人にさせられた真司のドタバタな毎日が、今、幕を開ける‼

ISBN978-4-8137-0651-9 ／ 定価：本体620円＋税

『太陽《ぼく》と月《きみ》の図書室』　騎月孝弘《きづきたかひろ》・著

人付き合いが苦手な朝日英司《あさひえいじ》は、ある特別な思いから図書委員になる。一緒に業務をこなすのは、クラスの人気者で自由奔放な、月ヶ瀬《つきがせ》ひかり。遠慮のない彼女に振り回される英司だが、ある時不意に、彼女が抱える秘密を知ってしまう。正反対なのに、同じ心の痛みを持つふたりは、“ある方法”で自分たちの本音を伝えようと立ち上がり――。ラストは圧巻！ ひたむきなふたりが辿り着いた結末に、優しさに満ち溢れた奇跡が起こる……！　図書室が繋ぐ、愛と再生の物語。

ISBN978-4-8137-0650-2 ／ 定価：本体570円＋税

『あの日に誓った約束だけは忘れなかった。』小鳥居《ことりい》ほたる・著

あの日に交わした約束は、果たされることなく今の僕を縛り続ける――。他者との交流を避けながら生きる隼斗の元に、ある日空から髪の長い女の子が降ってきた。白鷺結衣と名乗る彼女は、自身を幽霊だと言い、唯一彼女の姿が見える隼斗に、ある頼みごとをする。なし崩し的に彼女の手助けをすることになるが、実は結衣は、隼斗が幼い頃に離ればなれになったある女の子と関係していて…。過去と現在、すべての事実がくつがえる切ないラストに、号泣必至！

ISBN978-4-8137-0653-3 ／ 定価：本体600円＋税